LA MÉMOIRE DES DIEUX

Jacques Lanzmann est né le 4 mai 1927 à Bois-Colombes (Hauts-de-Seine). À l'âge de douze ans, il est domestique de ferme et commence, en 1943, une carrière de peintre (groupe de l'École de Paris) qu'il abandonne pour voyager autour du monde. Il gagnera sa vie comme ouvrier dans une mine de cuivre au Chili, comme joueur professionnel, contrebandier, homme de ménage, camionneur, peintre en bâtiment, et rapportera de ses expéditions des romans-reportages pleins de verve et de couleurs.

Avec deux amis, Jacques Lanzmann est le premier Occidental à réaliser au Népal, la liaison Lhassa (Tibet) Katmandu en 1985. En 1987, il réussit la traversée du désert de Taklamankan en Chine.

Journaliste à *L'Express*, animateur de « Rendez-vous avec lui » sur Europe 1, fondateur de *Lui*, gérant des Éditions spéciales, directeur de collection aux éditions Denoël, journaliste (rubrique télévision) puis chroniqueur à *V.S.D.*, Jacques Lanzmann est aussi l'auteur de plus de 150 chansons (notamment de Jacques Dutronc). Il a également produit des films et écrit les scénarios, entre autres, des films de Philippe Labro.

Jacques Lanzmann a écrit plus de trente ouvrages dont *Le Rat d'Amérique*, *Le Têtard*, *La Baleine blanche*, *Le Lama bleu*, *Le Dieu des papillons*, *La Horde d'or* et, récemment, aux Éditions Ramsay, *Le Raja* et *Le Fils de l'Himalaya.*

Paru dans Le Livre de Poche

RUE DES MAMOURS
LA BALEINE BLANCHE
LE SEPTIÈME CIEL
L'ÂGE D'AMOUR
CAFÉ-CRIME
LES GUERILLANS
HÔTEL SAHARA
LE VOLEUR DE HASARDS
LE RAJA
LE FILS DE L'HIMALAYA

JACQUES LANZMANN

La Mémoire des dieux

RAMSAY

CHAPITRE I

Pourquoi une mère devrait-elle être tout à fait équitable et partageuse ?

Pourquoi exige-t-on d'une mère ce que l'on n'exige pas d'une épouse ?

Mme Scheller était au bout de la surprise. Elle relisait la lettre de son petit-fils pour la cinquième fois. C'était une lettre fleuve, l'un de ces écrits en crue qui font déborder les sentiments et couler les vallées de larmes. Pour une surprise, c'en était une, et de taille. À vous faire perdre la tête. C'est que Mme Scheller, soixante-neuf ans, rentière et insomniaque, ne se savait pas grand-mère. Certes, il lui restait encore un fils sur les deux qu'elle avait mis au monde. Et du dernier, du vivant, elle était justement sans nouvelles depuis qu'il était parti disperser les cendres de son frère au Tibet. Les cendres, la dispersion sur le Toit du Monde, c'était une idée de Jean, son préféré, que des intégristes musulmans avaient assassiné au Caire. Que fichait-il en Égypte ? Avec qui était-il descendu dans cet hôtel qui serait si copieusement mitraillé ? Mme Scheller l'ignorait. Jean était un être secret, insaisissable, sans cesse ailleurs. Jean n'était plus de cette terre, mais il parcourait sans doute encore les mondes de l'au-delà. L'autre fils, le vivant, était tout le contraire. Prof de maths dans un lycée de banlieue, il n'avait d'autre ambition, croyait-elle, que le monde de l'abstraction. Et puis, un beau jour, à cause de tous les mauvais jours, il était parti à son tour.

Mme Scheller, qui admirait l'extravagance et la vie romanesque, lui reprochait d'exister sous le seuil de la fantaisie, comme d'autres existent sous le seuil de la pauvreté. Le pire, c'est qu'il s'en contentait. Autant elle était fière de Jean, qui avait vécu déraisonnablement de sa plume et de son talent, autant elle éprouvait de la commisération, et même de la compassion, pour son second fils. Une sorte de HEM (homme à envergure modérée) qui logeait en HLM et utilisait la carte Orange.

Mme Scheller était contre toutes les cartes, y compris les bancaires et la Vermeil. Elle n'aimait ni les facilités de la vie moderne, ni les aides que l'on distribue aux vieux. Aujourd'hui, bien sûr, Mme Scheller pensait autrement. À vrai dire, elle ne savait trop quoi penser…

À la mort de Jean, quand il s'était agi, selon les dernières volontés du défunt, de procéder à l'incinération du corps, puis à la dispersion des cendres sur le Toit du Monde, Clara Scheller, qui souffrait de mille petits maux imaginaires, et d'une maladie bien réelle, avait déclaré qu'elle ne se sentait pas assez vaillante pour assister à la crémation. À plus forte raison, comment une faible femme, percluse de douleurs et torturée par ce traître d'Alzheimer, pourrait-elle envisager de s'embarquer pour le Tibet ?

Clara était persuadée qu'Alexandre ne lui sacrifierait pas quinze jours de son temps, aussi avait-elle pressenti des prestataires de services. Mais le funéraire himalayen n'était guère dans leurs cordes, que ce fût l'organisation estudiantine genre Ludéric ou l'entreprise de déménagements internationale, en passant par le *Guide du routard* – qui sait ? un petit gars en partance pour le Tibet accepterait peut-être d'y acheminer l'urne ? Au *Routard*, on trouva l'idée saugrenue.

En définitive, et après l'offre inacceptable d'une compagnie spécialisée dans le transport express, qui demandait cent quatre-vingt mille francs pour convoyer la petite boîte en première classe Paris-

Pékin-Lhassa, avec un accompagnateur dont on ne garantissait pas la qualification, Clara s'était adressée à un ami philosophe dont le cousin germain était moine au Tibet.

Plein de bon sens, Paul Manceaux lui conseilla de se mettre en rapport avec le Centre lamaïste de Paris. Ce que Clara fit aussitôt. En plein désarroi, elle entendit mal et se trompa. Croyant appeler le Grand Lama de Paris, elle appela les services du rabbinat de Paris. Ce n'était pas la première fois qu'elle composait ce numéro. L'une de ses meilleures amies y avait travaillé. La force de l'habitude, sans doute :

– Allô, c'est Clara Scheller. Je voudrais parler au Grand Lama de Paris...

La secrétaire ne releva pas. Phonétiquement, on peut expliquer la chose. Elle demanda :

– C'est à quel sujet ?

– C'est au sujet de mon fils. Il est mort en Égypte et je voudrais...

Elle n'eut pas le temps d'en dire davantage. La secrétaire l'interrompit :

– Ne quittez pas. Je vous passe le service compétent.

Un blanc vint meubler la ligne du service compétent. On n'entendait que les « allô, allô » de l'infortunée Clara qui s'énervait. Enfin, une voix masculine occupa l'autre bout de la ligne :

– Oui, madame, de quoi s'agit-il exactement ?

– Eh bien, voici : je suis madame Clara Scheller et j'ai perdu mon fils en Égypte...

L'autre se racla la gorge :

– En Égypte ! Mais c'est très grand, l'Égypte !

– Moins grand que le Tibet, répondit Clara Scheller, croyant bien faire.

– Je ne vois pas le rapport, répliqua l'assistant du rabbinat. Mais que voulez-vous au juste ?

– Eh bien, voilà ! Avant de mourir, mon fils nous a fait part de sa dernière volonté…

– Ah ! Votre fils est mort ?

– Oui, monsieur, pour mon malheur, il n'est plus de ce monde.

– Excusez-moi, madame. J'avais cru comprendre que votre fils s'était perdu quelque part dans le Sinaï. Désolé ! Bon, je vous écoute.

Elle reprit :

– Eh bien, figurez-vous que… c'est assez compliqué… car comme je vous le disais tout à l'heure, mon fils exige que l'on disperse ses cendres au-dessus de votre si beau pays.

À l'autre bout du fil, il y eut comme une hésitation. Puis tout à coup la voix clama :

– Qu'est-ce que c'est que cette histoire ? Vous me parlez d'incinération. Chez nous on enterre, et le plus rapidement possible.

Clara Scheller ne s'en laissa pas conter :

– Vous enterrez peut-être, mais vous brûlez aussi. Mon fils Jean m'a raconté. Il l'a vu, de ses yeux vu. C'était un grand marcheur, passionné par votre peuple, votre civilisation, vos prestigieux sommets. Il aurait donné sa vie pour voir les Chinois quitter votre pays…

L'assistant du rabbinat blêmit puis lâcha :

– Je crois que vous n'avez pas composé le bon numéro, madame Scheller. Voyez-vous, nous sommes peut-être occupés par les Palestiniens, mais pas encore par les Chinois !

– Comment ça ? demanda Clara. Je ne suis pas chez le Grand Lama de Paris ?

– Non, madame, vous êtes chez le Grand Rabbin de Paris.

Clara Scheller raccrocha. Elle était morte de honte et accusa Alzheimer.

C'était chaque fois la même chose. Alzheimer faisait les conneries, et c'était elle qui trinquait. Découragée, elle essaya tout de même de joindre le Centre lamaïste, mais n'obtint rien d'autre qu'un répondeur.

Clara Scheller en était là de ses déboires et de ses délires quand son fils Alexandre, le mal baptisé, pas assez grand à ses yeux pour hériter d'un tel prénom, vint lui apprendre, tout de go, qu'il était décidé à partir pour le Tibet. Il faisait un crochet par chez elle pour prendre l'urne, qu'elle avait rangée dans le Frigidaire. Pourquoi le réfrigérateur au lieu de la cheminée ? À vrai dire, Clara n'en savait rien. Elle avait fourré machinalement la boîte noire dans la machine à faire du froid. Peut-être faisait-il trop chaud par ces jours de canicule ?

Peut-être était-ce un coup d'Alzheimer, un sale tour fait à la mémoire de Jean. Son Jean, le fils chéri, mort à trente-cinq ans, alors que l'autre, le petit, l'inutile, brassait encore du vent sans même broyer du noir…

Il faut dire que, cette fois, Clara Scheller avait été impressionnée par la brusque décision d'Alexandre. Que se passait-il dans la tête de son fils ? La grâce touchait-elle enfin le petit prof de maths de ses dimensions extrasensorielles et cosmogoniques ? Qu'est-ce qui le décidait soudain à s'envoler pour le Tibet avec les cendres de l'aîné dans son sac à dos ? Clara en était restée bouche bée. Aussi méfiante qu'émerveillée. Prête à lui sauter au cou et à revoir son jugement !

Toujours est-il qu'Alexandre était parti. Et depuis si longtemps qu'Alzheimer lui-même ne se souvenait plus de la date. Elle chercha ce qui avait bien pu pousser ce fils frileux à quitter son lycée et ses élèves. Certes, la mort de son frère l'avait secoué parce que, quand un frère meurt, une part de soi-même disparaît avec l'autre. Un moment, Clara Scheller se demanda si l'effet contraire ne s'était pas produit : est-ce que la mort de Jean n'aurait pas libéré le cadet ? L'avait-elle mésestimé à ce point ? Tellement réduit à un rôle mineur qu'il s'y tenait par orgueil ?

Clara Scheller consulta Laurent Schwartz par téléphone sur le sujet de l'orgueil. Elle voulait savoir si l'on peut sombrer dans la modestie – et jusqu'à s'effacer – par amour-propre.

Le psy, un ami de toujours, se montra prudent. Il savait Clara susceptible et ne tenait pas à l'accabler.

Mais qu'avait donc répondu Laurent Schwartz ? Clara ne s'en souvenait pas. C'était la faute à Alzheimer, et à toutes les maladies qui la taraudaient. Aujourd'hui pourtant, en lisant et en relisant la lettre de ce petit-fils qui lui donnait du « Chère grand-mère » à tout va, elle ne pouvait s'empêcher de regarder Alexandre autrement. De quel secret avait-il été averti ? Et par qui ?

Par le même envoi affranchi de timbres exotiques, Clara s'apercevait qu'Alexandre n'était pas pressé de rentrer. Ce n'était pas tout. Non seulement Clara se retrouvait grand-mère d'un enfant de Jean mais, en plus, comme si ce n'était pas assez pour son cœur défaillant, elle apprenait qu'Alexandre vivait avec une ex-petite amie de son frère ! C'était beaucoup en une seule fois. Beaucoup pour une seule lettre. Beaucoup en un seul jour, en quelques minutes, d'apprendre, comme cela, que l'on est grand-mère d'un garçon de onze ans et belle-mère d'une trayeuse de yaks. Alors, après l'émotion, Clara Scheller fut envahie par l'amertume. Elle ne s'était jamais sentie aussi abandonnée qu'en ce matin de juillet. Un fils mort, et l'autre au bout du monde, qui se disputaient la même femme et le même gosse. Décidément, elle nageait en plein imbroglio. Elle était trahie, lâchée, mise au placard par ses propres enfants. Elle hurlait, elle cherchait :

pourquoi la tenait-on à l'écart de ces grands événements qui font la vie des familles ?

Dérangeait-elle le monde à ce point ? Craignait-on les fâcheries, les ruptures en cascade ? Certes, Mme Scheller n'était pas du genre à bénir les caprices de chacun. Mme Scheller était même plutôt du genre humain. Toujours à juger, à récriminer, à condamner. Comme il n'y a pas loin du genre humain au genre inhumain, eh bien ses enfants, ses amis, se méfiaient d'elle.

L'amertume dissipée, Clara Scheller relut une nouvelle fois la lettre de ce soi-disant petit-fils. Non, elle n'était pas encore au bout de la surprise.

Ma chère grand-mère,

Laisse-moi t'expliquer. Tu ne me connais pas. J'ai onze ans. Je m'appelle Hima, comme Himalaya. J'ai les cheveux rouges et des taches de rousseur, comme mon père, qui était aussi ton fils. Et pourtant, vois-tu, je suis Sherpa, comme ma mère et comme tous mes autres pères. Au cas où tu ne le saurais pas, sache que les Sherpas habitent le nord-est du Népal, dans des vallées de haute altitude. Je t'écris de Namché-Bazar, la capitale du pays. Un gros village de mille deux cent cinquante habitants. C'est ici que ton fils Jean est arrivé en 1986. Il allait au camp de base de l'Everest quand il s'est foulé la cheville, peu avant Namché-Bazar. C'est à Namché que ton fils Jean a connu ma mère. Elle avait dix-huit ans, trois sœurs plus âgées et une maman, mon autre grand-mère, qui avait épousé quatre frères d'un même lit. Ne te formalise pas de cela, car chez nous, en pays sherpa, de nombreuses familles pratiquent encore la polyandrie. C'est que les accidents sont très nombreux et les avalanches toujours très meurtrières pour les Sherpas qui accompagnent les alpinistes jusqu'aux plus hauts som-

mets du monde. Alors, quand un Sherpa trouve la mort en montagne, son frère cadet prend sa place dans la cordée, comme à la maison. C'est très bien pour la femme, et très pratique pour les enfants. Plus il y a de frères, plus la femme a de maris, et plus les enfants ont de pères.

Tu auras déjà compris que Jean est mon premier père, et à ce premier père que je n'ai pas connu et qui n'a jamais rien su de moi viennent s'en ajouter trois autres : Passang, le premier mari de ma mère, disparu sur les pentes du Saghamarta ; son frère Kalden, dont on est actuellement sans nouvelles. J'ai peur pour lui. Peur, déjà, d'en parler au passé. Kalden savait gober la lune comme on gobe un œuf d'aigle et aspirer en lui le fluide glacial qui donne la force et protège le corps des désastres. Kalden était un peu sorcier. Il m'a appris les secrets de la nature et m'a enseigné comment pêcher, à pleine main, les perles d'eau vive, des gouttes magiques qui procurent une éternelle jeunesse. Pêcher l'eau de la vie, à moitié nu au milieu des torrents qui dévalent de la montagne et déferlent en hurlant n'est pas un jeu d'enfants. Et pourtant, vois-tu, ma chère grand-mère, là où les chamans ont parfois des difficultés, et même des échecs, moi je réussis toujours. On dit que je suis un enfant naturel. En réalité, je suis un enfant surnaturel.

J'excelle dans ces sports où les forces de l'esprit associées aux forces physiques font des prouesses. Évidemment, il s'agit plutôt, ici, d'un exercice spirituel que d'un sport. Bien sûr, il ne suffit pas de gober la lune et de boire des gouttes de vie pour devenir immortel. Contre la mort, il n'y a qu'une seule façon de faire : l'accepter. Et espérer revivre dans une enveloppe charnelle plus noble que la précédente. Mais le souvenir que les autres gardent de toi, c'est aussi une sorte d'enveloppe très appréciée chez nous. Bon, ma chère grand-mère, pardonne mon français et mon imprécision. Il te faut savoir que j'ai appris ta langue avec un ancien sirdar, aujourd'hui moine à Namché-Bazar. Ang Chumbi, c'est son nom, a été marié à une Parisienne qui professait la philosophie à Nanterre. C'était une bonne grimpeuse, avec plusieurs sept mille mètres à son actif, et même un huit mille dans l'Annapurna. Néanmoins, elle était moins bonne dans le mariage qu'en altitude, si bien que Ang Chumbi a quitté Paris et est revenu à moitié fou au pays.

Ang et Jean se sont connus avant ma naissance. Ils avaient tous les deux des vues sur Khami. Ma mère a préféré Jean à Ang, et celui-ci s'est vengé d'une mauvaise façon. Si tu veux, je te raconterai cela dans une autre lettre. Sache cependant que Chumbi s'est racheté depuis. C'est maintenant un bon lama, et il s'occupe très bien du temple. Ah ! et puis je préfère tout te dire maintenant. Jean n'est resté que trois semaines à Namché. Il est tombé immédiatement amoureux de Khami. Il boitait de la cheville, pas du cœur. Ma mère lui a rendu son amour à pleines dents. Ils étaient aussi mordus l'un que l'autre. Jean écrivait des poèmes qu'Ang traduisait à Khami. Et Khami traduisait des chansons qu'Ang fredonnait en français. D'ailleurs, les murs de la chambre où je t'écris sont tapissés des poèmes de Jean. Je les connais tous par cœur. Dans un coffre où je range mes affaires et mon dorje, je détiens bien d'autres choses de Jean : des chansons, des nouvelles, des notes, des réflexions, des aphorismes. Aphorismes ! J'espère que c'est le bon mot ! Oui, Alexandre hoche affirmativement la tête. C'est que ton autre fils est assis près de moi. Il est arrivé à Namché-Bazar il y a tout juste un an, en pleine période de mousson. Depuis, il vit à la maison et partage le lit de ma mère. Au début, Khami l'a confondu avec Jean, si bien qu'Alexandre n'a pas osé la contrarier. Moi, je n'ai pas marché dans la supercherie. Dès les premiers jours, j'ai su qu'Alexandre n'était pas mon père. Cependant, Khami était si heureuse, et lui si embarrassé, que je n'ai rien dit. Tu sais, j'ai un secret. Je connais tout de la vie, parce que chez nous, parfois, les morts parlent aux vivants. Ils leur racontent la vérité. Oh, pas tous les morts, pas à tous les vivants. Non, certains d'entre eux m'ont choisi. Ils m'ont jugé digne de les écouter. Alors, ils m'enseignent le passé et m'avertissent de l'avenir. Bien sûr, je ne les crois pas toujours. Les morts ne sont pas infaillibles. Bon, revenons à toi. Alexandre m'a dressé ton portrait. Tu sais, ici, à Namché-Bazar, il n'y a pas de grosses femmes. Toutes les femmes, même les vieilles de ton âge, sont sveltes et minces. Il faut dire qu'elles mangent peu et qu'elles se couchent tôt. Toi, à ce qu'il paraît, tu ne mènes pas une vie très saine. On me dit que tu prends du poison pour t'endormir et que tu te réveilles à l'heure où nous rentrons les yaks. On me dit aussi que tu as mauvais caractère et que tu n'estimes pas beaucoup mon quatrième père. Ah ! attends un peu ! Non, il n'est pas d'accord. « Mésestimer » n'est pas le bon mot. Il préfère « castrer ». Je ne connais pas cette expression. Ce doit être drôle, car Alexandre rigole. Bon, je termine l'histoire d'Ang Chumbi, et puis, si j'ai le temps, je te résumerai celle d'Alexandre. C'est ton fils, mais tu le connais bien peu…

Comme il devait rentrer en France, Jean avait fait promettre à Khami de lui écrire. Et Khami avait demandé la même chose à Jean. Il s'agissait d'un serment. Ça les rassurait. C'est Ang qui devait transcrire les sentiments de Khami sur le papier et recevoir les lettres de Jean. Ang avait caché son attirance pour ma mère. En réalité, il en était très épris. Et tout aussi jaloux. Chez nous, la jalousie n'a pas cours, mais si d'aventure elle survient, on s'efforce de la repousser tout au fond de soi-même. Ang Chumbi n'était pas un bon Sherpa. Il a laissé la jalousie l'envahir sans essayer de la réprimer. Et la jalousie l'a entraîné à commettre la pire faute qui soit en pays sherpa, une faute énorme, pire que de tuer un homme. Pire que de battre un bébé. Ang n'a pas transmis les lettres que Khami lui dictait. Ang a gardé pour lui celles que Jean adressait à Khami. Ainsi, Jean n'a jamais rien su de Khami, ni jamais rien su de moi.

Courtisée, et même harcelée par Ang, ma mère n'a pas

cédé. À ma naissance, et comme il me fallait un père, elle a pris pour mari Passang. C'était un valeureux Sherpa qui accompagnait les expéditions françaises à l'Everest. Passang aimait Khami, mais Khami n'aimait pas Passang. Elle était encore trop attachée à Jean. Trop éblouie par lui pour admirer quelqu'un d'autre. Passang n'en demandait pas tant. Passang ne demandait qu'une femme. Il fermait les yeux sur le reste. Et, quand on annonçait le passage de quelque étranger à Namché, Khami, qui gardait en elle la secrète espérance de revoir Jean, courait de lodge en lodge.

À présent, ma chère grand-mère, à l'heure où tu lis ces lignes, je voudrais que tu sois convaincue : Jean ne t'a rien caché, car Jean n'a jamais su qu'il avait fabriqué un petit garçon au pays sherpa. Certes, je t'imagine dans la plus grande des confusions. Tu es sans doute moitié furieuse, moitié heureuse. Néanmoins, je t'en prie, ne maudis pas Ang Chumbi. Le remords a fait de lui un autre homme. Il a vécu cinq années en ermite dans une grotte. On dit qu'il y est mort de faim et de froid, et que le yéti a mangé ses restes. Toutefois, comme tu l'as compris, il y a ici, à Namché, un moine qui lui ressemble comme un frère. Peut-être s'agit-il d'une réincarnation. À force de regretter le mal que l'on a fait, le bien finit par l'emporter sur le mal. Quand le regret s'appelle remords, la vengeance, elle, appelle le pardon. Toujours est-il que le remords de Chumbi est passé dans la peau du lama Ang. Le remords, tu le sais, va de pair avec la mémoire. Et, à propos de mémoire, Alexandre me dit que la tienne s'envole peu à peu de toi, jusqu'à te rendre innocente. S'il te plaît, grand-mère, dirige donc vers moi ce qu'il t'en reste afin que j'apprenne un peu de ton âme. C'est que chez nous, en pays sherpa, l'âme a une importance considérable. C'est à travers elle que tout se comprend et que tout se forme. Toi-même, à travers mes mots et mes phrases, tu te fais peu à peu une idée de mon âme. Vois-tu, je te connais déjà pas mal. En effet, quelques jours avant l'arrivée d'Alexandre en pays sherpa, Jean s'était mis à me parler de toi. À ce moment-là, en entendant sa voix, j'ai compris que mon vrai père était mort. Quelqu'un, dans l'autre monde, l'aura sans doute averti de mon existence. Vraiment, ma chère grand-mère, tu ne peux pas t'imaginer ce que le monde des morts est bavard...

Clara Scheller interrompit sa lecture. Elle avait des larmes plein les yeux et les lunettes. Tout cela lui paraissait trop étrange, trop fou. Trop bien tourné pour un gamin de onze ans. Elle hésitait entre la simple farce ou la diabolique mystification. Alexandre la faisait-il marcher ? Se vengeait-il maintenant d'une mère qui l'avait mésestimé, castré ? Mon Dieu, comme le terme était injuste ! Comment pouvait-on lui reprocher d'avoir aimé son premier garçon davantage que le second ? Si la vie est faite de préférences et de choix, Clara n'avait pas l'impression d'avoir donné davantage à Jean qu'à Alexandre. Certes, il y a de fausses impressions, comme il y a de fausses interprétations. Laurent Schwartz, son psy, lui parlait de ces sentiments si diffus qu'ils parviennent à tromper ceux qui les éprouvent. Entre bonne et mauvaise foi, la frontière n'est guère délimitée et favorise la contrebande des vérités premières.

Du plus loin qu'elle se rappelait – et Alzheimer ne l'aidait guère – Clara avait élevé ses deux fils dans l'équité la plus stricte. Oh, bien sûr, elle ressentait pour Jean une attirance particulière, quelque chose que l'on ne s'explique guère, et que l'on ne cherche pas à comprendre. Entre elle et Jean, il y avait eu de mystérieuses vibrations, une osmose de tous les instants. C'était ainsi, dans la peau, dans les gènes, dans l'âme. Tout petit, il l'étonnait déjà par ses aptitudes, ses facultés à l'émerveillement. Il avait le monde entier dans le regard et semblait effectivement en porter toute la richesse et la gravité. C'était un enfant surdoué, et très vite Clara l'avait surnommé son Élu. Bien sûr, elle n'en disait pas autant à l'autre. Et pourquoi une mère devrait-elle être tout à fait équitable et partageuse ? Pourquoi exige-t-on d'une mère ce que l'on n'exige pas d'une épouse ?

Clara pleurait à chaudes larmes. Elle pleurait surtout sur elle-même. Pour une fois, elle prenait conscience de ses torts. Elle avait été injuste envers Alexandre. Mieux, tout à coup, elle lui reconnaissait des qualités. En la surprenant, en l'inquiétant, il prenait une envergure qu'elle n'imaginait pas. Et puis, il vivait maintenant chez le garçon de Jean, ce petit-fils moitié sherpa, moitié de chez elle, qui lui tombait brusquement sur les bras.

À elle maintenant de les ouvrir. Elle se posa la question : une mauvaise mère peut-elle devenir une bonne grand-mère ? Le petit Hima connaissait certainement la réponse. Devait-elle attendre de mourir pour en discuter avec lui ?

Clara essuya ses yeux et ses lunettes, puis elle reprit sa lecture. Non, il ne s'agissait pas d'une imposture. À en juger par le style et la clairvoyance, pour ne pas dire la voyance, Hima était bien le fils de Jean. Dès les premiers mots, Clara avait senti son cœur s'emballer. Oui, c'était la lettre d'un surdoué, l'écriture d'un petit génie. La pensée d'un élu.

Ma chère grand-mère, sois tranquille. Si le monde des morts est avare, celui des vivants est foisonnant et passionnant. Laisse-moi donc te parler d'Alexandre. C'était un soir de juillet. La nuit était noire, très noire. La pluie dégoulinait de partout, et mes yaks m'en avaient fait voir de toutes les couleurs. J'avais eu beaucoup de mal à les rassembler pour les rentrer à l'étable. Parmi mon trou-

peau, il y a une paire de zhums, encore plus insupportables que les autres. Les zhums sont très appréciés pour leur lait. Ce sont des croisements de bufflesses et de yaks. Des animaux assez mal dans leur peau, et qui ne sont porteurs d'aucune réincarnation humaine. Aussi peut-on les malmener quelque peu sans craindre de frapper un voisin ou une voisine, un enfant ou un vieillard.

En arrivant à la maison, j'étais tout crotté et dépenaillé. Chez nous, tu sais, il y a beaucoup de boue et peu d'habits pour se changer. Dans l'entrée, encombrée de bottes de feutre et d'instruments de toutes sortes, on n'y voyait pas très clair, si bien que j'ai buté sur un sac à dos, et que je suis tombé. Le sac était lourd et tout mouillé. Il sentait la sueur. Et tout à coup, mon cœur s'est mis à cogner très fort. Tu sais, à Namché, nous avons l'électricité, mais on continue de s'éclairer à la bougie et au beurre de yak que l'on brûle dans des coupelles. C'est que les groupes électrogènes consomment le carburant qui est monté à dos d'homme depuis Kathmandu. Moins on allume la lumière, plus on économise le pétrole et le dos des porteurs. Les porteurs, c'est notre force vive. Pour la plupart, ils sont Gurungs ou Tamangs, tous très jeunes parce que, dans le métier, on ne fait pas de vieux os. À trente ans, ils sont déjà cassés ou déjà brûlés. Vois-tu, dans les environs de Namché, il y a autant de cendres répandues sur les sentiers qu'il y a de boue, de pierres ou de poussière sur les chemins. Bon, j'arrête là les descriptions du pays. Je te parlerai de nos montagnes et de notre peuple un autre jour. Les plus hautes montagnes du monde, le plus fraternel des peuples de la planète. Bon, revenons à cette soirée du mois de juin où il faisait si noir. En poussant la porte de notre salle commune où trône le poêle qui réchauffe toute la famille, j'aperçus ma mère en grande conversation avec un homme qui ressemblait aux photos de Jean.

Celui-ci m'examina de la tête aux pieds. Puis il s'avança et me serra contre lui. Il sentait la terre chaude, celle des yersas, nos pâturages de moyenne altitude qu'il avait traversés. Lorsqu'il me lâcha enfin, ce fut pour me complimenter. Il me trouvait beau, s'étonnait de mes yeux clairs et de mes cheveux rouges. Moi, je n'étais pas spécialement surpris de voir cet étranger à la maison. En revanche, Khami, toute radieuse, s'empressa de m'avertir que Jean, mon père, était revenu vivre parmi nous. Bien sûr, je savais qu'elle se trompait parce que Jean m'avait parlé le matin même. Il m'avait annoncé la visite de son frère Alexandre. Remarque, je ne suis pas sûr d'avoir véritablement entendu Jean. Il n'empêche, j'ai été averti par une voix. Et cette voix venait de très loin, sur les ailes du vent, comme portée par un écho. C'est ainsi que les morts se font entendre. Ils se mettent dans le vent, et soufflent tout ce qu'ils ont à nous dire. Naturellement, et tu l'auras deviné, ma chère grand-mère, Khami, tout à son émotion, prenait Alexandre pour Jean. Elle n'avait d'ailleurs pas tout à fait tort parce que, à force de marcher sur les traces de Jean, Alexandre avait fini par se confondre avec lui. Il faut te dire que Jean ne l'avait pas lâché d'une semelle durant tout le voyage. Il n'avait pas cessé de se manifester sans discontinuer, de diverses façons et sous de multiples formes. Tantôt il habitait le corps d'Alexandre. Tantôt il était dans sa tête, comme un voleur d'âme. Attends un peu, grand-mère ! Alexandre bougonne. Il n'est pas d'accord. Non, pas du tout d'accord. C'est lui qui volait l'âme de Jean. Bon, je reprends.

Tantôt il rencontrait des marcheurs qui le prenaient pour Jean et se remémoraient des souvenirs communs, leurs exploits en des lieux où Alexandre n'était jamais allé. Tantôt c'est Alexandre qui délirait parce qu'il trimbalait les cendres de son frère dans son sac à dos. À propos, ma chère grand-mère, je dois te dire que les cendres de Jean n'ont pas été dispersées au Tibet comme il le souhaitait. Elles sont restées à Nagarkot, un joli endroit d'où l'on aperçoit toute la chaîne himalayenne. Des gosses qui s'étaient emparés de l'urne en ont fait leur ballon. Pen-

dant ce temps, Alexandre dormait avec une Anglaise. Ça le gênait de faire l'amour devant son frère. Alors, il avait déposé l'urne devant la porte du lodge. Bon, Alexandre me demande de passer cet épisode sous silence. Il veut que j'en vienne à l'essentiel. C'est-à-dire au point de départ. Tu te souviens, n'est-ce pas, de ce jour où il est venu chez toi chercher l'urne ? Eh bien, il y a une chose que tu ignores. Une chose qu'il ne t'avait pas dite. Et elle est capitale puisqu'elle me concerne. Écoute plutôt : un guide de Chamonix, de retour du Népal, avait annoncé à Jean mon existence : « Je t'apprends, avait-il dit, que tu es le cher papa d'un petit Sherpa. Je l'ai vu, il te ressemble, il a les yeux bleus et les cheveux rouges. La mère va bien et ne t'en veut pas. »

Le guide revenait de Namché-Bazar. Il n'avait pas eu connaissance de la mort de Jean et croyait lui parler. En réalité, c'est à Alexandre qu'il s'adressait. Et comme celui-ci paraissait surpris, l'autre ajouta : « Voyons, Jean, ça remonte à une dizaine d'années. Rappelle-toi, tu t'étais foulé la cheville et nous avons été obligés de te laisser à Namché dans la famille d'une jolie petite Sherpani. »

Inutile, je pense, ma chère grand-mère, de t'en dire davantage. Tu sais maintenant où est ton fils Alexandre, et pourquoi il s'y trouve. Il prétend que j'ai donné un sens à sa vie, et je veux bien le croire. Nous sommes devenus inséparables. Nous sommes liés par les liens du sang, et alliés par ceux de l'affinité. Oh, bien sûr, Alexandre n'a pas le talent de Jean. Attends, attends, le voilà qui râle. Non, il l'admet. C'est bien, c'est très bien ! Alors, je continue. Ses poèmes sont d'un niveau très moyen. Sa pensée pourtant est si humaine que nous le considérons déjà comme l'un des nôtres. Vois-tu, si Jean est mon vrai père, Alexandre mérite de prendre sa place. De plus, comme tu le sais maintenant, il est le mari de Khami. Et Khami, ma mère, se partageait jusqu'alors harmonieusement entre Kalden et Alexandre. Un jour c'était l'un. Un jour, c'était l'autre. Certaines fois, actuellement par exemple, Alexandre dispose de ma mère pour lui tout seul. Kalden n'est toujours pas revenu de l'Everest et je suis inquiet.

Quand je dis « seul », ça n'est pas tout à fait vrai, parce que Jean est toujours dans le cœur de Khami et dans la tête d'Alexandre. Bien sûr, de son autre monde, Jean se félicite de cet arrangement.

On le serait à moins, car, comme tu le vois, Jean s'est doublement réincarné. Je t'ai dit tout à l'heure que mes parents vivaient harmonieusement. Ce n'est pas tout à fait exact. Alexandre acceptait bien mieux la présence fantomatique de Jean que la présence physique de Kalden. Pauvre Kalden ! Je crois bien qu'il nous faudra le pleurer. Ce matin, alors que j'emmenais les yaks aux yersas, j'ai entendu la voix de Kalden dans le souffle du vent. Ça n'était pas vraiment des paroles. Plutôt des plaintes, des gémissements. Je n'ai rien dit à Alexandre. Rien dit non plus à Khami. J'ai peur d'avoir perdu mon troisième père. Peur, un jour, de perdre mon quatrième. C'est que la montagne est cruelle et ravageuse. Jusqu'à l'arrivée des Européens, les Sherpas ne s'y attaquaient pas, ils la vénéraient, dans leur grande sagesse, ils avaient fait de la montagne le territoire sacré des divinités visibles et invisibles. Et puis sont venus les Anglais. Ils croyaient en un Dieu unique. Ils ont bravé nos divinités. Humilié les esprits de nos ancêtres. Peu à peu, ils ont convaincu et corrompu les Sherpas, jusqu'à les pousser, tout en haut, dans le linceul des sommets. Excuse donc, chère grand-mère, cette éloquence soudaine, mais je crains pour Kalden comme je crains pour Alexandre. L'heure viendra où tous mes pères reposeront congelés sur les pentes d'un glacier. Les yeux grands ouverts, ils me verront passer et mourir à mon tour. Tout cela par vanité. Tout cela pour un drapeau. Tout cela, chez nous, pour quelques roupies de plus.

Voilà, ma chère grand-mère de Paris. Il est temps pour moi de terminer cette lettre. J'espère avoir réussi à faire passer un peu de mon âme entre ces lignes. Alexandre se joint à moi et Khami t'embrasse. Tout le restant de la famille, mes tantes, mes oncles, mes grands-parents, mes frères et sœurs, mes cousins et cousines, tous les gens de Namché, tous ceux de la vallée du Khumbu, de la vallée du Solu et de la vallée du Pharak t'adressent un joyeux Namasté.

La grand-mère Scheller, en plein désarroi, ne savait si elle devait se réjouir de ces nouvelles, ou bien en périr. La lettre la mettait à mal. Elle se sentait bleuie de partout, comme après une volée de coups. En même temps, elle était gagnée par une sorte d'excitation paroxystique, qui risquait de provoquer des bouffées délirantes.

Abonnée depuis longtemps aux antidépresseurs comme aux tranquillisants, Clara Scheller passait fréquemment d'un état d'âme à l'autre.

De l'âme, elle ne faisait pas grand cas, mais cette fois, avec la montée d'adrénaline et les poussées d'endorphines qui s'étaient déclenchées au cours de sa lecture, elle était plutôt dans tous ses états.

Tous ses états, cela voulait dire hors d'elle-même, hors normes. Et même hors de tout repère.

Clara, debout dans son « salon des antiquaires », tournait sur elle-même autour de son fauteuil sans lâcher le téléphone des yeux. Le salon des antiquaires, c'était sa chose à elle, une rangée de vitrines où dormaient, comme asphyxiées, des terres cuites de Haute Époque. Elles avaient résisté aux dynasties guerrières et bravé les siècles pour finir ici, mollissantes et assagies, dans cet appartement bourgeois du XVIe arrondissement. Certains jours, Clara ne se souvenait même plus de leur origine. Encore moins de leur prix. Elle en faisait pourtant commerce, se séparant d'une ou deux pièces quand l'argent venait à manquer. Ces objets rarissimes avaient été collectionnés au fil des années par Charles Scheller, le mari de Clara. Du mari, elle gardait aussi les photos dans la vitrine. On le voyait sous différents aspects. Avec ou sans chapeau. En tricot de corps sur un site de fouilles. En complet veston dans une réception. C'était un bel homme, un être fin et généreux, disparu prématurément. Alexandre lui ressemblait.

Jean un peu moins. En réunissant les deux enfants dans le même portrait, on aurait eu celui du père. Aujourd'hui, le père n'avait plus qu'un demi-visage : celui d'Alexandre.

Tout à coup, Clara cessa sa ronde et porta ses mains en visière. Elle plissa les yeux et regarda au loin ce téléphone qu'elle convoitait d'atteindre sans y réussir. D'ordinaire, elle s'adressait des injures à elle-même. Cette fois, elle se mit à rire. Et il lui sembla que Charles, dans la vitrine, lui aussi se fendait la poire. Cependant l'expression ne collait pas très bien avec la paire de chevaux han qui flanquait la photo.

Non, on ne se fend pas la poire devant un cheval han. Clara n'était pas sûre de l'époque. Elle hésitait entre han et tang. Comme elle s'emmêlait dans les dynasties, elle s'en prit à Alzheimer et recommença à rire.

En quelques minutes, elle passa donc de la dépression à la surexcitation, des larmes à l'euphorie, de la basse méforme à la Haute Époque. En vérité, la grand-mère Scheller était au quatrième dessous et au sixième dessus. Elle était même sans dessus ni dessous. Toute dessoudée et décousue. Elle parvint néanmoins à se saisir du téléphone. Encore fallait-il qu'elle retrouve son carnet d'adresses. La chose lui prit un temps fou. Le carnet était rangé dans la vitrine. Coincé entre un vase ming et une rangée de tanagras, il ne fut pas facile à attraper. Une statuette tomba à terre, décapitée sur le coup. Enfin, Clara décrocha le téléphone. Elle voulait joindre quelqu'un. Mais qui ?

Elle feuilleta son carnet d'adresses au hasard, et s'arrêta sur un nom. C'était celui du philosophe dont le cousin germain était moine au Tibet. Un ami de longue date, et du même âge qu'elle.

Lui, bien entendu, avait gardé toute sa mémoire. Comme il écrivait celle du siècle, il lui en fallait une qui fût d'éléphant. Paul Manceaux décrocha. Il paraissait excédé :

– Oui, qu'est-ce que c'est ?

– C'est Clara.

– Merde ! Ça suffit comme ça. Tu ne pourrais pas m'oublier, non ?

Clara savait que les grands hommes peuvent aussi parler comme tout le monde. Elle ne s'en formalisa pas :

– Écoute, Paul, j'ai besoin de toi. Peux-tu joindre ton cousin au plus vite ?

– Mon cousin ! Mais comment veux-tu que je le joigne ? Tu crois peut-être que le monastère est branché sur Internet ? Ma pauvre vieille, est-ce que je sais seulement si Songsten est vivant ! Il doit avoir dans les quatre-vingts ans.

Clara demanda :

– C'est qui, Songsten ?

– Songsten, c'est Marcel en tibétain !

– Remarque, pour un moine bouddhiste, il vaut mieux s'appeler Songsten que Marcel !

Paul Manceaux n'appréciait pas. De sa voix bourrue, il lança :

– Bon, qu'est-ce que tu lui veux, à mon cousin ?

– Eh bien, je m'étais dit qu'il pourrait aller voir Alexandre à Namché-Bazar. Juste comme cela, pour se rendre compte. Namché, ça doit pas être très loin du Tibet.

– Tu prends Marcel pour un facteur ou quoi ? Un moine, ça prie, ça médite. Tu voudrais peut-être aussi qu'il fasse des photos de famille ! Mais tu es complètement à côté de la plaque, ma petite vieille. Tu veux que je te donne un conseil ?

Clara pensa qu'il ne lui avait jamais rien donné d'autre que du plaisir, et des conseils. Normal, le plaisir, les conseils, ça ne coûte rien.

Elle soupira :

– Je t'écoute, Paul.

Il avait une voix rauque. Une grosse tête. Il dit :

– Eh bien, tu ferais mieux d'y aller toi-même.

Il croyait s'en être débarrassé. Pas du tout. À l'autre bout du fil, ça ne se passait pas comme prévu. Alzheimer, le salaud, faisait des siennes.

– Y aller, Paul ? Mais où ? Où veux-tu que j'aille ?

Il répliqua sèchement :

– N'importe où, Clara. Mais arrête de me les casser. Je travaille, moi, tu comprends ?

Elle ne comprenait pas vraiment. Elle se demandait pourquoi il l'avait appelée, pourquoi elle les lui cassait.

Clara resta un moment comme décrochée du monde. Il fallait attendre que le courant revienne. La panne ne durait jamais très longtemps, mais elle était imprévisible. Cela pouvait sauter deux ou trois fois de suite et se rétablir normalement, sans autre coupure de toute la journée.

Alzheimer finit par lâcher Clara. Elle était déjà très atteinte et s'en rendait compte. La maladie allait empirer jusqu'à la vider de son cerveau. Elle devait faire vite pour ne pas mourir idiote. Encore plus vite pour ne pas mourir méchante. Il était tout juste temps de rattraper le temps et de se refaire une réputation.

Clara composa le numéro du psy. Elle le connaissait par cœur. C'était ses chiffres de secours, son SOS Amitié personnel.

C'était aussi son numéro quotidien, qu'elle appelait pour un oui, pour un non. Pour elle, Laurent Schwartz était toujours disponible, toujours aux petits soins. Il est vrai que Schwartz, à la retraite, ne pratiquait plus qu'en amateur. Il s'occupait de Clara des pieds à la tête. De ses varices comme de son aorte. De son ulcère comme de sa vésicule. De ses douleurs intercostales comme de ses souffrances métaphysiques. De ses crampes nocturnes comme de sa mémoire défaillante. Laurent Schwartz était un vieil ami de Clara. Un ancien amoureux éconduit. Elle lui avait préféré Charles. D'abord désespéré, jeune médecin, il avait suspendu la cure qu'elle avait entreprise avec lui. Plus tard, tout était rentré dans l'ordre. Il avait analysé la situation et s'en était félicité. Bien sûr, il n'avait jamais couché avec Clara : mais pourquoi coucher quand on connaît tout de l'autre ? Sa face visible comme sa face cachée. Sa part d'ombre et de lumière. Laurent aimait Clara exactement comme on aime un objet rare. Il l'avait mise dans sa vitrine, placée à sa vue, et il s'en était contenté. Il avait laissé la part de lumière à Paul Manceaux. C'est qu'il préférait tenir l'ombre que la proie. À la longue, il eut Clara pour lui seul.

Schwartz décrocha. Ce ne pouvait être que Clara. En comparaison de son précédent coup de fil il nota tout de suite une amélioration. Elle dit :

– Voilà ! Je voudrais savoir ce que tu en penses. J'ai décidé d'y aller moi-même. Crois-tu que je vais tenir le coup ?

Schwartz crut comprendre qu'elle doutait de sa force psychologique. Il se trompait. Elle était même drôlement remontée :

– Dis-moi, en altitude, ça se passe comment avec les varices ?

Pris au dépourvu, il grommela :

– Cela ne doit pas être terrible.

– C'est-à-dire ?

– C'est-à-dire qu'il y a un afflux de sang.

Elle poursuivit :

– Et avec le cœur, ça se passe comment ?

– C'est pareil. La pompe s'emballe, tout gonfle, parce que l'oxygène fait défaut.

– Et avec le cerveau ?

Il risqua une plaisanterie :

– Avec le tien, ou avec celui d'un jeune homme ?

– Arrête de me les casser, Laurent. Réponds-moi sérieusement.

Il ne lui connaissait pas un tel vocabulaire. Cette fois, elle le surprenait. Il temporisa :

– Avec ton cerveau, c'est la bouteille à l'encre. Disons plutôt que c'est pile ou face !

– Pile, c'est quoi ?

– Pile, c'est l'œdème. Il faut te fourrer dans un caisson de dépressurisation. Face, il n'y a pas de caisson, pas de masque à oxygène. Rien qu'un grand trou noir.

– Et pour la mémoire ?

– Alors là, pour la mémoire, c'est la bouteille à la mer. Tu notes ton nom, ton adresse, mon numéro de téléphone et celui du caveau de famille.

Il éleva la voix :

– Tu entends, Clara ? Tu t'accroches ça autour du cou, et tu te balances dans le premier précipice venu !

Il la faisait rire. Elle demanda :

– Sérieusement, qu'est-ce que je risque ?

Laurent Schwartz hésita. La question posée aussi franchement méritait une réponse du même ordre. Il trancha :

– Écoute, Clara, si tu veux mon avis, il est positif. Ici, tu t'ennuies, tu te morfonds. Ce n'est pas une vie. Tu vaux mieux que ça. Alors, vas-y, Clara, vas-y. Là-bas, au moins, tu n'attendras pas la mort bêtement. Et puis, tu sais, c'est mieux de s'installer à Namché-Bazar que d'être placée d'office dans un hospice pour amnésiques. Alexandre ne te laissera pas tomber. Si tu lui montres un peu d'amour, il te le rendra au centuple.

Elle écoutait Laurent. Elle aimait sa voix, sa façon de voir les choses. Il poursuivit :

– Et puis, il y a le petit. Sa lettre est un appel. Une magnifique espérance, une vraie source de jouvence. Sait-on jamais : il te fera peut-être gober la lune ? Il te fera goûter à cette écume des torrents qui prolonge la vie. Voyons, Clara, manger la lune et s'emplir de son fluide magnétique, c'est tout de même mieux que d'avaler du Prozac. Dis, qu'en penses-tu, Clara ? Boire ces perles d'eau si minutieusement triées dans les rapides par ton petit diamantaire de berger, c'est tout de même mieux que le goulot de ta Contrex ! Va, Clara, va, une autre vie t'attend là-bas. Pour toi, il n'y a pas meilleur remède ni choix plus excitant.

Schwartz s'interrompit quelques secondes. Comme il n'entendait plus Clara, il demanda :

– Tu es là ? Dis-moi, Clara, tu es toujours là ?

– Oui, je suis là. Je t'écoute avec bonheur, mais quelque chose me chagrine.

– Qu'est-ce qui te chagrine, Clara ?

– Eh bien, je te le dis franchement, tu me fais de la peine ! Que se passe-t-il, Laurent ? Voici que tu me préconises une cure de nature sauvage. Voici que tu me parles de la lune et de l'eau des torrents. Voici que tu me fais rêver de pureté et de diamants, alors que depuis des années et des années tu n'as cessé de me prescrire des molécules empoisonnées. Je ne comprends pas, Laurent. Tu te renies ? Tu te déprécies ? Tu avoues donc l'échec de ta médecine ?

Laurent Schwartz accusa le choc. Il la reconnaissait bien là. Toujours à harceler. Toujours à tout remettre en question. Il essaya de se justifier :

– Tu es d'une rare injustice, ma chère Clara.

Reconnais-moi au moins une qualité, celle de t'avoir allongée sur mon divan pendant vingt ans. Si je ne t'avais pas écoutée si patiemment, tu ne serais peut-être pas chez toi aujourd'hui.

Elle répliqua :

– Comment oses-tu me dire une chose pareille ? Si tu m'avais si bien écoutée, tu n'aurais pas eu besoin de me refiler toutes ces saloperies. Ah, ils sont beaux, tes diamants ! Du chimique, rien que de l'ersatz !

Clara raccrocha. Elle se sentait tout à fait bien. Finis les antidépresseurs. Terminés les anticoagulants et les bêtabloquants.

Désormais, elle allait se mettre aux rayons de lune, s'exposer au soleil et aux forces telluriques. Elle allait boire l'eau des torrents et la pluie des orages magnétiques. Boire des décoctions de rhododendrons et de cornes de yak pilées. Boire la nature dans ce qu'elle a de plus pur et de plus sauvage. À soixante-neuf ans, la vie lui apparaissait prometteuse. Elle la voyait soudain belle et sereine.

Hélas, l'exaltation ne dura pas davantage que la rosée du petit matin sur l'orchidée des yersas. Hima lui avait dessiné cette fleur en guise de signature.

Clara Scheller appela Nouvelles Frontières. Le standard, encombré, la fit patienter. Elle apprécia la bande musicale et l'accompagna en pianotant sur son bloc-notes. On la brancha sur l'employé. Là, tout à coup, impossible de donner sa destination. Elle dut s'excuser platement.

Tout de suite, elle chercha fébrilement où elle avait bien pu ranger ses médicaments à mémoire. C'est ainsi qu'elle appelait le cocktail de molécules prescrit par Laurent. Elle pouvait en prendre jusqu'à six fois par jour. Encore fallait-il qu'elle s'en souvînt.

Entêtée, Clara persista. Elle interrogea le Minitel et

releva une liste impressionnante d'agences de voyages. L'ennui, c'est qu'elle ne se rappelait pas où elle devait atterrir. Était-ce au Congo ? En Afghanistan ? En Albanie ? En Inde ? L'Inde lui disait bien quelque chose. Sans plus. Elle pensa à une lettre, mais quelle lettre ? Et de quel courrier s'agissait-il ? Au bout d'un moment, elle finit par se représenter visuellement la lettre : une dizaine de feuillets quadrillés à la règle. Elle chercha. Qu'en avait-elle fait ? Elle fouilla dans son sac, dans ses poches. Elle palpa les hanches, la poitrine. L'idiote ! Elle avait rangé la lettre d'Hima dans le bonnet gauche de son soutien-gorge, sur son cœur.

Du pays sherpa, Clara retrouva son chemin. Soulagée, elle appela Terres d'Aventure, une agence spécialiste de la marche. Terre d'Aventure la guida sur Esprit d'Aventure, une filiale haut de gamme de la rue Saint-Victor. Cela tombait bien car Esprit d'Aventure était aussi concessionnaire de la Royal Air Nepal. On lui passa une employée tout à fait compétente. Oui, il y avait trois vols hebdomadaires pour Kathmandu. Bien sûr aucun vol direct pour Namché-Bazar. Quelle idée ! À Kathmandu, on changeait d'appareil, direction l'altiport de Lukla. Ensuite, il fallait crapahuter jusqu'à Namché.

Dans le feu de l'action, craignant que sa mémoire ne lui fasse à nouveau défaut, Clara réserva une business class pour le mercredi suivant.

Ce qui lui laissait près d'une semaine. Elle allait mettre ses affaires en ordre et retirer suffisamment d'argent liquide. Elle devait clore son compte BNP où fructifiaient, au compte-gouttes, ses économies, une centaine de milliers de francs.

Sous le coup de l'enthousiasme, Clara s'imaginait partir pour de bon.

C'est-à-dire pour toujours. Elle chargerait Schwartz de négocier au mieux les trésors de son salon des antiquaires. Il y en avait bien pour deux millions.

Avec ça, elle pouvait voir venir et acheter la plus belle maison du pays sherpa. Pourquoi pas tout un village ? Une vallée tout entière ? Et même un morceau d'Everest ? Schwartz, qui l'avait empoisonnée à petit feu depuis des temps immémoriaux, lui devait bien ce service. Schwartz n'était peut-être pas un bon psy. C'était un homme cultivé qui savait apprécier la beauté des choses et les estimer à leur valeur. Bien sûr, Clara pensait aussi au philosophe dont le cousin germain était moine au Tibet. Elle n'était pas certaine que Paul Manceaux puisse l'aider aussi bien que Laurent Schwartz. Les philosophes n'attachent guère d'importance aux objets, qu'ils soient usuels ou religieux, quand bien même ceux-ci auraient été manufacturés par des Grecs, des Romains, des Égyptiens, ou des Chinois de l'Antiquité. Les philosophes ne s'intéressent qu'aux philosophes. Ils sont là pour philosopher, réfléchir sur les écrits et les idées de ceux qui les ont précédés.

S'il n'y avait pas eu Platon, Aristote et Confucius, Kierkegaard et Lao Tseu, Descartes et Spinoza, Kant et Hegel, Maïmonide et Leibniz, les philosophes contemporains n'auraient pas grand-chose à nous dire, puisque leurs essais ne sont qu'une éternelle resucée de l'histoire des philosophies, à croire qu'un bon philosophe de l'ancien temps, quelqu'un du genre grec, chinois ou allemand, met au monde chaque année une centaine de nouveaux philosophes façonnés dans le même moule. C'est à se demander si les banques à idées n'étaient pas doublées d'une banque de sperme ! Ainsi pensait Clara Scheller des philosophes. Paul Manceaux, malgré tout, trouvait grâce à ses yeux. Tant pis si elle les lui cassait.

Bien sûr, Clara avait un faible pour les sociologues. Pour eux, au moins, tout était à inventer ! Le pire comme le meilleur. Le réalisme comme l'utopie. Aux sociologues Clara préférait encore les archéologues et les anthropologues. Quand ils étaient l'un et l'autre, quand ils fouillaient le sol et l'âme sous de tristes tropiques, alors là, elle se laissait séduire.

Clara Scheller réfléchissait. Devait-elle avertir Alexandre de son arrivée ? Et comment ? Par quel moyen ? Devait-elle ne rien dire et lui faire la surprise ? Lui écrire ne servirait à rien. Elle arriverait avant la lettre. Et puis, d'abord, lui écrire où ? Hima n'avait pas donné d'adresse. Y a-t-il seulement un facteur à Namché-Bazar ? Plutôt une sorte de poste restante où chacun vient chercher son courrier. Qui aurait l'idée d'écrire aux habitants de Namché ? Que pourrait-on leur dire ? Leur demander ? Leur proposer ? Y a-t-il seulement une banque à Namché ? un hôpital ? une pharmacie ? Désormais, Clara devrait se débrouiller sans banque, sans hôpital, sans pharmacie. Sans librairie, sans téléphone, sans taxis. Peut-être y avait-il des pousse-pousse à Namché ? À vrai dire, Clara s'en fichait. Elle était résolue à changer d'habitudes et à s'adapter aux coutumes locales. Elle ne regretterait vraiment que le téléphone. Jusqu'à présent, elle en avait fait son fil de vie. C'est lui qui la reliait aux rares amis qu'elle avait réussi à conserver. Lui qu'elle implorait de sonner dans les moments de solitude. Lui qu'elle sollicitait, comme cela, tout à coup, rien que pour entendre une voix au bout d'un numéro qu'elle composait au hasard. Clara avait bien essayé de se mettre au Minitel, mais la machine était trop abstraite, pas assez humaine. C'était bon pour chercher une adresse ou un renseignement. Cela ne valait pas le téléphone. On ne sourit pas, on ne minaude pas devant un Minitel comme on sourit, comme on minaude, comme on montre sa joie ou sa peine au bout du fil. Car au bout du fil, il y a un être comme nous. Un être qui réagit à nos paroles ou à nos blancs exactement comme on réagit à ses propos et à ses silences.

Oui, le téléphone manquerait terriblement à Clara. Qui sait, il y avait peut-être le téléphone arabe à Namché ? Une ligne faite de murmures et de rumeurs ? Brusquement, Clara voulut en avoir le cœur net. Elle appela successivement la Royal Air Nepal et l'ambassade. Incroyable ! Personne n'était capable de la renseigner ! Non, personne n'avait encore communiqué avec Namché-Bazar. Et pour quoi dire ? Pour quoi faire ? Elle râla. C'était con, inhumain. Bon sang, elle était prête à se débarrasser de toutes ses manies comme de toute sa pharmacopée. Prête à boire l'eau de tous les torrents. Prête à gober toutes les lunes, les nouvelles et les pleines, les rousses et les giboyeuses. Mais, de grâce, qu'on lui branche une ligne ! Qu'on lui permette de joindre Laurent Schwartz et Paul Manceaux.

Clara ne tenait plus en place. Elle appela les renseignements. Le 12 sonna interminablement. Enfin, un disque lui indiqua que sa demande était enregistrée. Il fallait patienter. Clara patienta. Elle avait une telle passion pour les communications que l'attente faisait partie de son plaisir. L'attente exaltait son imagination.

Elle se faisait les réponses et les questions. Cette fois, on prit son appel un peu trop tôt. Elle n'eut pas le temps d'aller au bout des choses. Elle se sentit agressée :

– Allô, j'écoute !

– Pardonnez-moi, mademoiselle, mais je voudrais savoir s'il y a le téléphone à Namché-Bazar.

– Namché quoi ?

– Bazar.

– Comme l'hôtel de ville ?

– Oui, c'est ça, comme l'hôtel de ville.

– Et c'est dans quel pays ?

– C'est au pays sherpa !

– Sherpa, comme les porteurs ?

La standardiste s'impatienta :

– Le nom du pays, s'il vous plaît.

Clara répéta :

– Sherpa. Le pays sherpa !

L'autre s'énerva :

– Madame, je vous demande où se trouve le pays sherpa.

Clara répliqua :

– Vous devriez le savoir. Vous êtes payée pour ça, non ?

L'autre bouillait. Elle lança d'une voix blanche :

– Madame, pour la seconde fois, je vous demande où se trouve le pays sherpa.

Clara jeta l'éponge :

– Au Népal, mademoiselle.

– Au Népal ! Mais il fallait me le dire tout de suite.

Deux secondes plus tard, la fille communiquait le numéro de l'international. Clara nota les chiffres à la va-vite et les pianota sur le clavier. Elle se dit qu'il n'était pas juste de privatiser une fille aussi débile.

On décrocha aussitôt :

– Renseignements internationaux, j'écoute !

Prise de court, Clara resta muette.

La voix reprit :

– Allô, vous désirez ?

Clara ne savait plus ce qu'elle désirait, ni même avec qui elle était branchée. Ce salopard d'Alzheimer faisait encore des siennes.

CHAPITRE II

La poussière, la crasse ne dérangent pas. Elles sont immuables et sacrées. Plus la peau et les habits sont maculés, plus ils semblent chargés de signes et de forces occultes.

Ici, c'est le début de l'été. Mais l'été, ici, est synonyme de bourbier. La neige fond des glaciers et entraîne une partie de la terre derrière elle. Tout cela, neige, torrents, pierres, terre, dévale du Toit du Monde et déferle sur la vallée. J'ai envie de dire « Notre vallée », parce que j'y habite et que j'y ai ma famille. Le hasard m'y a conduit. Mais, ici, vallée n'est pas synonyme de plaine basse. Namché-Bazar, la capitale du pays sherpa, culmine à 3 850 mètres d'altitude. Et, en cette saison, mon village et ma vallée sont confondus – et même fondus – dans le panorama si virginal du Khumbu.

Le Khumbu, aujourd'hui, sert de gouttière au Toit du Monde. Vivants et disparus, fantômes et divinités s'accrochent corps et âme au pied de l'Ama Dablan, « la madame blanche », comme dit mon fils Hima. Tous, vivants et morts, s'inventent une existence unique faite de fraternité et de sacré. Cette vue des choses, cette construction de l'esprit, invite à la résistance et au combat pacifique contre une nature affolante et pyramidale qui s'étend de la rivière Bhote-Kosi jusqu'aux confins du mythique Everest. J'ai dit que le hasard m'avait porté jusqu'ici et j'ai eu tort. Ce n'était pas le hasard. Plutôt là encore une construction de l'esprit.

En toute logique, par morale, par devoir, j'ai pris la

route que mon frère Jean avait empruntée une dizaine d'années avant moi.

Il n'y avait aucun hasard dans ma démarche, sinon quelquefois une marche hasardeuse sur un chemin qui n'était pas le bon. Si je me suis perdu, c'était pour mieux me retrouver et mener à mon tour un combat pacifique contre moi-même. Bien sûr, ce ne fut pas facile, parce que Jean me hantait encore. Jean, c'était mon aîné, un surdoué du vagabondage, un écorché vif, un vif-argent. Il réussissait tout ce qu'il entreprenait, sans entreprendre vraiment quoi que ce soit. Ça venait comme cela, malgré lui, et même contre lui. Il disait tout du bout des lèvres. Il faisait tout du bout des doigts, sans y penser, sans y toucher, sans s'appliquer. Un jour, je crois, il en a eu assez d'être touché par la grâce. Alors, il lui a dit merde. Il a plaqué la peinture, l'écriture, la chanson. Et puis, il est parti, comme Rimbaud, comme un fou. Il s'est mis à marcher, à courir, à traverser des déserts, à grimper les montagnes. Il n'y avait pas d'espaces assez vastes pour calmer sa fringale d'espace. Pas de cause assez juste pour le ramener parmi nous. Jean, c'était un égoïste, un tricheur, un lâche, une brute. Plus rien d'autre que lui-même ne comptait. Parfois, il passait, s'arrêtait pour quelques heures, quelques jours. On essayait de lui parler. D'en tirer quelque chose. Rien à faire. Il refusait d'aller au-delà des banalités. Longtemps, j'ai cru qu'il me méprisait. Qu'il ne me jugeait pas digne d'être dans sa vie, dans ses confidences.

Jean faisait si peu cas de moi que je me suis acharné à l'imiter. Bon Dieu, que de limites y ai-je mises !

Le talent ne se force pas. Le talent, c'est une force tranquille, un taureau dans un pré. Moi, j'ai fait entrer le taureau dans l'arène, et il n'a eu de cesse qu'il ne m'encorne. Par la suite, j'ai éprouvé l'horrible sentiment de n'être rien. Alors, je suis rentré dans le rang.

C'était une façon de me cacher. Lorsque Jean est mort, j'ai confusément ressenti qu'il était peut-être temps de le comprendre. Temps de lui parler, de l'aimer. Mais oui, de lui parler, de lui crier tout ce que j'avais sur le cœur.

C'est au Caire que j'ai commencé à converser avec Jean. J'étais allé reconnaître le corps à la morgue. Il était tout raide, tout froid, et salement amoché. La rafale lui avait haché la poitrine. Il était froid, et taché de partout, mais de son visage marbré émanait encore le même rayonnement. Il était beau, et je le lui ai dit. Il m'a répondu que je n'étais pas mal non plus. Bien sûr, on se ressemblait. En le regardant, j'ai eu l'image de ma propre mort. J'aurais pu être à sa place sur cet étal de boucher. Mais qu'est-ce qu'il fichait là, mon frérot ? Qu'était-il venu faire en Égypte : une marche dans le Sinaï, une fouille à Saqqara ? Je n'ai appris la vérité que plus tard. Il venait demander la grâce d'un Bédouin de la tribu des Djebellias. Ils avaient été arrêtés ensemble quelques mois auparavant du côté de Sainte-Catherine. On avait relâché Jean mais emprisonné son compagnon.

Pourquoi Jean était-il descendu dans cet hôtel fréquenté par des touristes israéliens ? À voix basse, je m'étais mis à l'engueuler.

J'ai pleuré toutes les larmes de mon corps durant l'incinération. Je ne parvenais pas à me défaire des images qui m'assaillaient en écoutant le monstrueux ronronnement du four. C'était comme le bruit d'une chaudière qui fonctionne au fuel. À l'intérieur, ce n'était pas du gasoil, mais mon frère encore en chair et en os qui était la proie du brasier. Toute cette grâce, tout ce charisme, tout cet esprit et cette intelligence qui partaient comme cela, en fumée, et qui se réduisaient à une poignée de cendres.

Nous connaissions depuis toujours le souhait de

Jean, mais nous n'y avions pas prêté vraiment attention. Lorsqu'un homme en pleine jeunesse nous parle de sa mort, celle-ci nous paraît si improbable, si abstraite, qu'on ne peut le prendre au sérieux. Et quand soudain la catastrophe survient, alors on réalise qu'il n'y avait aucune légèreté, aucune crânerie dans les propos qu'il tenait sur la mort.

Jean avait préparé la sienne. Il désirait que l'on disperse ses cendres au Tibet. Cela nous paraissait littéraire et romantique. Et même un peu ridicule. Je me revois haussant les épaules, comme pour chasser le sort et lui montrer qu'il ne m'impressionnait pas. C'était une idée en l'air, une jolie façon de se payer un dernier grand voyage. Ça ne coûtait rien d'autre que de le dire.

Maintenant qu'il était dans sa boîte noire, je mesurais combien j'avais été stupide de croire que la mort n'arrivait qu'aux autres.

À mon retour du Caire, j'étais passé chez ma mère lui remettre l'urne. Elle y tenait. Quand j'ai poussé la porte, c'est tout juste si elle m'a reconnu. Je lui ai présenté le vase, et elle a demandé :

– C'est quoi, ce machin-là, un cadeau ?

Elle me désorientait. Ne sachant quoi dire, j'abondais dans son sens.

– C'est ça, maman, c'est un cadeau. Ça vient d'Égypte, c'est même de la Haute Époque. Alors tu vois, on va le mettre dans ta vitrine avec les vases songs et les chevaux tangs.

Un peu plus tard, ayant retrouvé ses esprits, elle avait préféré ranger l'urne dans le réfrigérateur.

Le proviseur du collège d'Argenteuil m'accordait trois semaines de congé sans solde. Un maître auxiliaire me remplacerait. J'hésitais encore sur la date de mon voyage, quand un guide de Chamonix m'apprit que Jean avait un fils au Népal. En réalité, le guide croyait lui parler. Ils avaient bourlingué tous les deux, jadis, du côté de l'Everest. Maintenant, il se rappelait à son bon souvenir. Je fus tellement surpris que j'oubliai de me présenter. Je dis : « Un fils au Népal ? Ce n'est pas possible ! » L'autre n'attendait que cela pour m'en apprendre. Il me rappela que je m'étais foulé la cheville et qu'il avait dû me laisser à Namché-Bazar dans la maison d'une petite Sherpani. « Déjà douze ans, mon vieux, tu te rends compte ! » Cette fois, il revenait de Namché. Il y avait vu le petit. Il était splendide. Aussi malin que moi. Il avait mis l'accent sur ses yeux bleus et ses cheveux poil de carotte.

Voilà comment j'ai suivi le chemin que Jean avait emprunté avant moi. Le hasard n'a rien à voir dans notre histoire. On ne se foule pas la cheville par hasard, par mégarde tout au plus. On ne recherche pas le fils de son frère par hasard, mais par devoir. Encore que là, comme je débarquais à Namché sans crier gare, le hasard me sauta au cou.

Dès qu'elle m'aperçut, Khami me reconnut. Khami, bien sûr, mais encore toutes les autres femmes de la maison. Les sœurs, la mère, les tantes, les cousines. Toutes me regardèrent d'un air entendu et me saluèrent avec chaleur. On ne s'était pas vus depuis douze ans.

Je n'avais pas changé. Elles me trouvaient un peu plus épais, peut-être. Un peu moins souple que Jean à l'époque. Mais cette fois j'étais bien là, devant elles, en chair et en os.

En dehors de nos cheveux rouges et de nos yeux bleus, de notre mètre quatre-vingts, la ressemblance n'était pas évidente. Bien sûr, entre Jean et moi, il y avait un peu plus qu'un air de famille, mais de là à nous prendre l'un pour l'autre, ça ne s'expliquait pas. Pourtant tout le long du parcours, des trekkeurs nous confondaient. Cette fois, c'était le tour de Khami. Elle m'ouvrit les bras et sa maison. Comment, dès lors, lui avouer que je n'étais pas Jean, que j'étais Alexandre ? Et puis Jean n'était-il pas toujours là, derrière moi, à forcer le destin ? Je me demande aujourd'hui lequel de nous deux a été le plus fou ou le plus raisonnable. Lequel de nous deux, du mort ou du vivant, a pesé de tout son poids sur les événements du passé comme sur ceux qui vont suivre ?

Hima ne va pas à l'école. Hima ne va pas au temple. Pourquoi apprendrait-il ce qu'il sait déjà ? Pourquoi honorerait-il les divinités puisque celles-ci, dans leur grande sagesse, en ont fait un enfant roi et lui ont donné tous les talents. Hima, c'est l'enfant de l'Himalaya, le fils du monde visible et invisible. L'incarnation du savoir ancestral. J'exagère à dessein, car Hima est loin de tout savoir. Ce n'est qu'un petit Sherpa, un enfant de paysans. Disons plutôt : Hima ne sait pas tout, mais il a réponse à tout. Aucune discussion, fût-elle la plus pointue, ne le désarme. Aucun mystère, fût-il le plus difficile à résoudre, ne le désarçonne. À défaut de posséder l'explication scientifique, Hima possède le sixième sens. On ne peut que rester coi devant ses interprétations. On ne peut qu'admirer sa vision des choses du réel, comme celle des choses de l'esprit.

Les cheveux d'un rouge flamboyant, les pommettes saillantes, les yeux bleus en amande, le nez fort, les lèvres charnues racontent déjà des histoires. Impossible de rester indifférent devant le visage d'Hima. Encore moins devant les expressions qui le traversent. Le visage d'Hima respire l'originalité. Si les traits et le contour sont du type tibéto-birman, en revanche, le teint clair, la couleur des yeux et des cheveux, l'acuité du regard lui confèrent une allure exceptionnelle. Et que dire de la lumière qui s'en dégage, sinon qu'elle est forcément un peu céleste. Certes, il ne faudrait pas voir en Hima un garçon qui incarnerait toutes les sagesses, à l'image de ces petits Tibétains mollassons et ahuris choisis par le clergé pour succéder au Dalaï-Lama ou au Panchen-Lama. Encore qu'Hima en remontrerait sans doute à bien des autorités religieuses en ce qui concerne les choses de la politique et de la stratégie. Sa fraîcheur d'esprit est si évidente et si communicative qu'il n'est pas sacrilège de prévoir une rencontre entre Hima et le Dalaï-Lama. Et je vais œuvrer dans ce sens. Sans doute nous faudra-t-il encore attendre un peu l'occasion de voyager jusqu'à Dharamsala. Après avoir lu *Sept Ans au Tibet* de Henrich Harrer, je suis persuadé qu'Hima pourrait apporter des solutions à Tenzin Gyatso. Je dis bien à l'homme Tenzin Gyatso et non à Sa Sainteté le Dalaï-Lama, bien que l'un et l'autre, l'homme et le saint, ne soient qu'un seul et même personnage. Lorsque l'homme est double, à la fois créature terrestre et émanation du divin, il y a des messages que l'homme comprend, et que Dieu n'entend pas. Des messages que Dieu ne comprend pas, et que l'homme entend. Dieu est quelquefois dur de la feuille. Alors, il nous faut souffler avec ménagement la bonne parole à l'homme et casser les oreilles de Dieu. La formule n'est pas de moi, elle est d'Hima. Mon fils croit bien plus en l'homme qu'il ne croit en tous les bons Dieux qui régissent le panthéon bouddhiste. Naturellement, et sur ce sujet, ça ne va pas très fort entre Ang Chumbi et Hima parce que Hima boude les offices religieux et clame à qui veut l'entendre que la religion est le cannabis du peuple. Quelque chose comme un chang qui aurait fermenté si longtemps en baratte qu'il soûlerait les gens, et se les attacherait jusqu'à la dépendance. Hima a dû lire cela dans les ouvrages que Jean a laissés à la maison. Bien des Français passent dans notre lodge. Ils complètent la bibliothèque hétéroclite du petit en offrant des bouquins trop lourds à traîner. À Namché, on se débarrasse de ses effets encombrants, mais aussi de ses préjugés. C'est que derrière Namché, juste après notre maison, qui est la plus élevée – non pas en étages, mais en altitude – il y a le plus difficile des chemins. Sur celui-ci, on perd toujours un peu de soi-même. Un peu de notre pire, de notre graisse, de notre sueur, de nos mauvaises intentions. Plus on avance vers l'Everest, plus on devient léger, aérien, détaché, plus on réussit à se dépouiller de ses vilenies. C'est que la mort est souvent au bout du chemin. Elle rôde le long des pentes et des glaciers. Elle se planque dans les crevasses. Elle déboule d'un coup, avec l'avalanche.

À propos de mort, il me faut parler de celle de Kalden. J'aimais ce bonhomme-là comme un jeune frère. Un jeune frère avec lequel je partageais Khami. Normal. Il était son second mari, lui-même frère de Passang. À quelques années de distance, ils sont morts au même endroit, emportés par un morceau de glacier qui s'est détaché de la montagne. Au début, novice en amour sherpa, j'appréhendais la situation. Une nuit sur deux, je dormais aux côtés de Khami. Une nuit sur deux, c'était au tour de Kalden. Au matin, la couette gardait l'empreinte des ébats.

Combien de fois n'ai-je pas participé malgré moi à leurs prouesses, de la chambre voisine que je partageais avec Hima. Lui me rassurait :

– Voyons, Alexandre, tu n'as aucune raison d'être jaloux. Un Sherpa ne connaît pas ce mauvais sentiment. Et si ça peut te consoler, tu n'entends que les cris rauques de Kalden, que sa respiration forte, écoute donc ! Ma mère reste passive et silencieuse...

– Tu es gentil, Hima. Mêle-toi de ce qui te regarde. Je ne suis pas jaloux, et je n'entends rien.

– Bien sûr que je m'en mêle, et que je veux m'en mêler. Le plaisir de ma mère me regarde. Avec toi, elle est comme une yakesse en chaleur, enragée. C'est un vrai bonheur que de la voir satisfaite.

Hima ne me flattait pas. C'était la vérité. Avec moi, Khami prenait son plaisir. Avec Kalden, elle ne faisait que son devoir. Il n'empêche que j'ai eu bien des difficultés à m'habituer, bien des timidités et des retenues à partager ma femme en deux.

Indisposée, Khami dormait seule. Les Sherpas craignent le sang et apprécient le repos. On se retrouvait alors entre hommes, dans la chambre à côté, parmi les barattes et les récipients de chang. La pièce sentait le beurre de yak, un bouquet rance auquel venaient se mêler les remugles de l'étable.

En pays sherpa, comme au Tibet, on fait grand cas de la pureté à toutes les étapes de l'existence, et à tous les niveaux de la pensée. En revanche, on n'a guère la notion de propreté telle que nous l'entendons en Occident. La poussière, la crasse ne dérangent pas. Elles sont immuables et sacrées. Plus la peau et les habits sont tachés, plus ils semblent chargés de signes, et de forces occultes. Il est de bon ton d'avoir le dessous des ongles noir. Plus que d'une patine, il s'agit bien d'une pâte épaisse. La pâte du temps, une macule existentielle à laquelle on reconnaîtrait l'âge de la personne. Hima et Khami n'échappent pas à la règle. Moi non plus d'ailleurs. En quelques mois, je me suis laissé prendre par la facilité. Je n'ai pas le choix. J'en suis même à me demander comment je peux encore respirer par les pores de ma peau quand tant de boulettes roulent sous mes doigts. Mais cela bien sûr appartient au domaine du futile. J'en parle aujourd'hui comme d'une simple curiosité himalayenne, car cette culture de la crasse n'est pas spécifique du pays sherpa. Il n'empêche que, certaines fois, le plus prestigieux des paysages, le plus magnifique des panoramas peuvent être dévastés par une simple odeur de pieds. Ce qualificatif n'a d'ailleurs pas sa place ici. Une odeur de pieds n'est jamais simple. Elle serait simple que l'on n'en parlerait pas. Il y a en effet de ces pieds sherpas qui peuvent gâcher notre nuit – et même notre vie – quand d'aventure ils sortent de leurs chaussures. L'autre jour, par exemple, je suis monté avec Hima au monastère de Tyangboche. Là, hiver comme été, les moines déambulent pieds nus dans leurs sandales. Rien de désagréable ne vient nous surprendre. On ne sent qu'un léger parfum d'encens et de cuir sur fond de beurre de yak. Une odeur de temple, sans plus.

Pris par la nuit, nous avons décidé de dormir dans le bâtiment que le monastère met à la disposition des voyageurs. Un long dortoir meublé de bat-flanc dont on a condamné les ouvertures. Ici, nous entrons directement dans le royaume du pied, un univers dont la fragrance ferait tomber comme des mouches les vendeuses de chez Guerlain. Un véritable massacre olfactif. Même Hima paraissait surpris. Tout cela pourtant était bien fade en comparaison de ce qui nous arriva par la suite. Je ne sais pas d'où venait ce vieux Sherpa, de Khumjung, du Pharak, de Kunde, ou de quelque odyssée majeure en Everest ? En tout cas, il eut la mauvaise idée de venir s'allonger près de moi. Je ne trouvai rien à dire, ni même à redire, jusqu'au moment où, fait rarissime, il lui prit la fantaisie d'ôter ses souliers. Ce fut comme si des dizaines de putois et de belettes, autant de putois et de belettes qu'il possédait d'orteils, s'étaient rués sur le dortoir. Quelque chose d'épouvantable, comme si putois, belettes et furets étaient passés par Roquefort et Munster avant d'entamer leur voyage au Népal.

Hima se moqua du vieux sirdar :

– S'il y a autant d'esprit dans ta tête qu'entre tes orteils, je t'en prie, garde ton bonnet.

Et l'autre répondit en riant :

– Tu devrais savoir que le créateur du monde a

inventé le pied pour permettre à l'homme de caresser un fauve !

Et Hima de répliquer :

– C'est ça, grand-père, avec ce que tes deux fauves nous font subir, même le yéti s'enfuirait.

Le vieux ne s'en laissa pas conter :

– Qu'est-ce que tu crois, gamin ! J'ai déjà rencontré le yéti, et il s'est jeté à mon cou. Tu veux que je te montre où il m'a embrassé ? Dis, tu veux que j'enlève mon caleçon ?

– Non, je t'en prie, laisse donc ce fauve-là dans sa cage à pipi !

Ce n'était pas gentil du tout, mais l'autre ne releva pas.

Maintenant que Kalden n'est plus de ce monde, lui qui était un peu mon jeune frère, et un peu mon rival, je possède Khami et Hima à part entière. Si je fais les comptes, je suis le troisième mari de Khami, et le dernier père d'Hima. Le seul mari et le seul père encore vivant. Du côté de Kalden, il y a bien encore un petit frère d'une dizaine d'années, mais il est bien trop jeune pour prétendre au lit de Khami. Celle-ci m'a déjà charrié à ce sujet, et je la sais assez malicieuse, assez paillarde, pour entretenir en moi le doute.

Avec Khami, les choses n'ont pas été aussi faciles que je le laisse peut-être entendre. Du temps où elle me prenait pour Jean, nos liens se sont noués d'eux-mêmes. On se comprenait à demi-mot et à pleine passion. Si la passion n'est pas vraiment la meilleure façon de s'aimer, elle a au moins le mérite de nous rendre aveugles et de nous faire tout accepter de l'autre.

La passion amoureuse n'a guère cours en pays sherpa. Les femmes ont plutôt tendance à pratiquer l'amitié virile. Sur cette question de l'amour, Khami se démarquait du commun. Elle avait, je crois, inventé le romantisme à la sherpa et colorié les sentiments d'une teinte occidentale.

Nous filions donc une liaison quelque peu ternie par les bouffées de remords qui m'assaillaient. En effet, je devais sans cesse alimenter mon mensonge et il me dévorait. Le fantôme de Jean était là derrière moi, comme un garde-chiourme avec sa schlag. J'obéissais par peur de perdre Hima. Comment aurais-je pu deviner que le garçon était dans le secret et qu'il parlait avec les morts ? Jean me collait à la peau et à l'âme. Je ne sais d'ailleurs pas lequel des deux s'était emparé de l'autre. J'étais le jouet d'un étrange phénomène de réincarnation psychique dont je ne parvenais pas à me libérer.

Le changement eut lieu alors que je suivais Hima dans les yersas, nos pâturages de moyenne altitude. Nous y sommes restés un bon mois avec le troupeau. À Namché, c'était l'hiver, le froid sec, les congères. Dans les yersas, il faisait bon vivre. Hima et moi partagions la même hutte faite de tôles et de branchages. Et bien des petits bergers venaient partager notre compagnie. C'était des gamins siffleurs qui ne s'exprimaient que par sibilances et stridulations, un langage des temps préhistoriques, dont les modulations et les roulements se répercutaient en écho de paroi en paroi.

Je me disais que Khami nous entendait depuis Namché et qu'elle ne tarderait pas à nous rejoindre. Hélas, les jours passaient sans nous apporter la moindre nouvelle.

Comme Hima ne se montrait pas spécialement inquiet, je me disais qu'il recevait des messages de sa mère par de mystérieux canaux dont il était le seul à connaître les fréquences.

Interrogé, le petit souriait d'un air entendu. Son attitude me donnait à penser qu'il se passait des choses anormales à Namché. J'étais loin de me douter que l'on m'avait démasqué. En effet, au même moment, Khami apprenait de la bouche d'une jeune Anglaise avec laquelle j'avais cheminé que je n'étais pas Jean. L'Anglaise savait parfaitement de quoi elle parlait pour avoir convoyé, et même convoité, les cendres de Jean en ma compagnie. À Nagarkot, elle avait fourré l'urne dans son sac de couchage sous prétexte que Jean y serait mieux que dans mon sac à dos. C'était une excentrique à la libido débridée. Et comme Jean, poussière humaine dans son pot de fer, ne comblait que son état morbide, elle m'avait appelé à la rescousse. Mais faire l'amour devant mon frère m'avait paru si inconvenant que j'avais disposé l'urne devant la porte du lodge.

Au matin, la boîte noire rebondissait sur la caillasse. Des enfants s'en étaient emparés et shootaient dedans comme dans un ballon. Le match qu'ils disputaient, les buts qu'ils marquaient, les mettaient en joie. Quant à Jean, il était déjà tout dispersé, et même bien éparpillé.

De Nagarkot, par ce matin clair, on apercevait de droite à gauche l'Everest et le Gauri Shankar. Le Cho-Oyu et le Sisa-Pangma, tous de plus de huit mille mètres. Venaient ensuite, légèrement embrumés, le Lang-Tang et le Ganesh Himal. Plus loin, sur l'extrême gauche, on soupçonnait le Manashu et les Annapurnas.

Je me disais que Jean aurait pu finir plus mal. Par-delà cette masse colossale qui barrait l'horizon de neiges éternelles, on devinait le pays tibétain. Poussière, Jean n'avait plus qu'à se mettre dans le vent…

On imagine le choc que reçut Khami en apprenant que je n'étais pas celui qu'elle croyait. J'eus beau lui rappeler qu'elle avait été aussi fautive que moi en se méprenant sur ma personne, elle refusa d'en convenir.

Dès cet instant, elle reconsidéra la situation et modifia son comportement. Fini le romantisme à la sherpa. Ses sentiments devinrent confus, faits de politesse et d'indifférence excessives. Cela n'empêchait d'ailleurs pas une certaine attirance de se manifester par moments, à croire qu'elle me découvrait, comme un étranger dans sa maison. Khami me traita quelque temps en hôte de passage. Malgré tout, elle n'alla pas jusqu'à m'interdire son lit. Elle avait délimité une frontière entre le jour et la nuit. Le jour, j'étais l'hôte, avec tout ce que cela comporte de bienséance, ce qui ne l'empêchait pas de m'envoyer aux champs et aux corvées avec Hima. J'étais donc au régime des travaux obligés, sinon forcés. C'était ma façon de payer ma pension, et de racheter ma faute. Jusqu'alors, je n'avais pas agi autrement, mais à présent je le vivais comme une contrainte. La nuit, heureusement, j'étais libre d'aimer ou de ne pas aimer Khami. Libre de donner ou de recevoir des caresses. Dois-je dire qu'elle avait refréné ses ardeurs, et se refusait à éprouver avec moi ce qu'elle avait éprouvé avec Jean.

Dès qu'elle avait un moment libre, Khami filait au temple y faire ses dévotions. Moines et moinillons fréquentaient assidûment notre maison. Ils récitaient des mantras, et soufflaient dans les conques marines pour en chasser les mauvais esprits.

Le petit ne voyait pas d'un bon œil toute cette bondieuserie qui débarquait à domicile.

Khami subissait la mauvaise influence d'Ang Chumbi. Sa mère, ses sœurs, ses tantes la soutenaient. J'étais rejeté par cette même famille qui m'avait accueilli en commettant la même erreur que Khami sur ma personne. Il y avait eu hallucination collective. Maintenant, il y avait vexation organisée. Et, comme les choses n'évoluaient pas dans le bon sens, en dépit du grand bon sens et de l'esprit de tolérance qui caractérisent la société sherpa, Hima sortit de sa neutralité et prit l'initiative de débloquer la situation. Une nuit, il vint me tirer du lit de sa mère :

– Allez, Alex, prépare-toi, il est l'heure d'y aller.

À moitié réveillé, je grommelai :

– Que se passe-t-il, Hima, qu'est-ce qu'il te prend ?

– Il me prend que ça ne peut pas durer comme ça. Il n'y a plus d'harmonie chez nous, alors nous allons la rétablir.

Khami s'en mêla :

– De quelle harmonie parles-tu ?

– De ton harmonie à toi, et de son harmonie à lui. Vous êtes tous les deux en pleine cacophonie. Vos sentiments chantent faux. Alors, en attendant une meilleure musique, et une meilleure entente, j'emmène Alex.

Elle s'écria :

– Tu emmènes Alex ! Et qui va s'occuper des bêtes ? Qui va travailler les champs ?

– Ne t'en fais pas, maman, j'ai tout arrangé avec Dawa.

Dawa, c'était le cousin d'Hima, un jeune de quatorze ans qui commençait à courir les filles.

Interloqué, j'intervins :

– Dis donc, Hima, c'est très joli tout ça, mais tu m'emmènes où ?

Son visage reflétait la franche gaieté.

– Nous partons pour le pays de Milarepa !

– Au Tibet ! Pourquoi le Tibet ?

En guise de réponse, le petit me fit tomber du lit et se moqua de moi :

– Tu devrais être content, Alex. On va faire un grand voyage, on va aller voir l'autre face de la montagne, et l'autre visage de mon peuple !

Pour sûr que j'étais content. Ça allait me changer

les idées. Mais pourquoi maintenant ? Pourquoi tout de suite ? Avec lequel de nos morts conversait-il en ce moment ?

Khami rejeta la couette à ses pieds, et se dressa toute nue devant son fils. Elle était belle comme un guerrier, mais elle ne se battait pas. Elle lança :

– Et moi, qu'est-ce que je fais pendant ce temps-là ?

– Toi, pendant ce temps-là, eh bien, tu fais voyager ton esprit ! Tu te détends, et tu réfléchis. Et surtout, ne fais pas comme le yak ! Évite de ruminer, laisse aller librement les soupçons, les rancœurs. Quand nous reviendrons, j'espère que tu auras enfin trois yeux…

Dépassé, je demandai :

– Pourquoi trois yeux ?

– L'œil qui a l'expérience du passé. L'œil qui a la connaissance du présent. Et l'œil qui a déjà scruté le futur.

– Tu veux dire que Khami détiendra la sagesse ?

– Pas du tout. Tu peux avoir trois yeux et posséder la connaissance suprême, sans pour autant être sage. Tu peux très bien te servir de la connaissance pour faire le mal et dévaster le monde en toute connaissance de cause. La sagesse, c'est un état d'esprit. Le mal, c'est un esprit dans tous ses états.

Incroyable ! Hima se permettait même des jeux de mots qui tombaient juste. Il nous surpassait tous. Il n'y aurait eu que Jean pour l'égaler. Et, de Jean, il avait pris le meilleur.

Nous étions partis pour le Tibet, en passant par le col de Nangpa-La, une balade de santé, quelque cent cinquante kilomètres parcourus à l'altitude des dieux, un itinéraire fréquenté par les marchands tibétains, et leurs caravanes de chèvres. Un chemin de gorges humides et froides, une sorte d'immense couloir qui se traîne dans les profondeurs d'une vallée aussi étroite qu'interminable. Tout à coup le corridor enneigé bute contre un massif infranchissable, il n'y a pas d'autre moyen que de le grignoter au pas à pas, le souffle court, la jambe lourde. On serpente dans la roche, dans la glace. Et quand on n'y fait pas du surplace, on finit par y faire surface. Longtemps, très longtemps, on a en point de mire, là-haut, tout là-haut, les cairns, ces tumulus de pierres élevés au sommet des cols, où flottent oriflammes et drapeaux de prières, immenses gerbes de mantras délavés qu'agitent les vents violents. Ces sentinelles chargées d'arrêter le mauvais esprit accueillent le voyageur en claquant de toute leur voilure. De ces cols où on s'arrête pour mesurer ce que l'on a laissé derrière soi, on découvre soudain ce qui nous attend de beauté et de fatigue. Alors, les yeux pleins de neige, par la faute des congères qui se déplacent en volutes sous la violence des courants d'air, on contemple l'espace à l'infini : c'est la tache bleue d'un lac enchâssé comme une turquoise dans son collier de roches noires. Plus loin, les aiguilles acérées découpent l'horizon en morceaux de vertige quand la course folle des nuages balaie de son ombre funeste le point culminant des arêtes sommitales.

Et puis, dans cette immensité, dans cette noyade aérienne où les pas vont s'abîmer, on surprend un berger emmitouflé dans sa peau de bête. On aperçoit un lama volant vêtu d'une chumba mauve, des pèlerins débraillés et lourdement chargés. Et puis voici un père et son fils qui font la route en se prosternant. Ils avancent, un coup avec le front, un autre avec le genou, un troisième avec le cœur. Passent au loin un cavalier et sa monture, tous deux drapés dans la même cape de feutre ; une vision médiévale au pays de Milarepa, là où le poète aurait écrit *Les Cent Mille Chants.*

Nous sommes restés une dizaine de jours à Tingri. Nous logions non loin de l'ancienne forteresse, sur les bords gelés de la rivière Arun. De notre caravansérail, on pouvait voir les maisons qui s'étageaient à flanc de collines. Et chacune d'elle nous regardait avec sagesse de son œil de bouddha. Chez nous, bien des portes sont munies d'un judas, une sorte de minuscule traître qui permet au maître de maison d'apercevoir son visiteur. Au Tibet, l'œil du maître suprême orne les portes. Il protège la famille, et ne juge pas le visiteur.

J'avais laissé Hima choisir notre point de chute. De toute façon, c'était lui le maître. Et moi, son disciple. Durant notre périple, j'eus maintes fois l'occasion de le féliciter. Ne m'avait-il pas éloigné de Khami afin qu'elle se rapproche de moi ? La distance faisait déjà son chemin. La séparation, disait-il, développe l'imagination : « Plus tu resteras silencieux, mieux elle t'entendra. Moins elle aura de tes nouvelles, plus elle en attendra. » C'était effectivement des paroles de sage.

Le caravansérail où nous logions était tenu par des Tibétains. On se nourrissait de tsampa et de raviolis cuits dans la graisse de mouton. Le tout arrosé de chang. Nous n'étions pas venus jusqu'ici, sur les terres de Milarepa, pour manger et boire. Non, nous étions là pour honorer l'ascète et tâcher, si possible, de cueillir quelques gouttes de pureté et de les avaler. La rivière Arun n'est sans doute pas la plus propice à cette pêche miraculeuse, car elle charrie toutes sortes de débris et de déjections. Elle est cependant la rivière dans laquelle Milarepa prenait son bain quotidien. Inutile de dire que je ne me sentais pas très chaud pour imiter Milarepa.

Pêcheur d'eau expérimenté, Hima avait une autre idée. Nous sommes allés le plus loin et le plus haut possible, là où aucun homme, aucune bête ne s'aventuraient en cette saison. Cela nous prit une bonne matinée. La rivière Arun ouvrait les bras pour recevoir un tumultueux torrent. Cette force sauvage, qui dévalait des glaciers impériaux en fracassant l'air, n'impressionnait pas Hima. Il se dévêtit et entra dans le tourbillon. Autour de lui, ce n'était que giclées furieuses et bouillonnements d'écume.

Les yeux rivés sur le flot, Hima remonta encore le courant. Il paraissait très agité et psalmodiait des incantations. Par ce froid, il ne pouvait tenir plus de trois minutes. Déjà, il bleuissait à vue d'œil.

J'étais resté sur la rive, et n'en menais pas large.

Soudain, Hima s'immobilisa. Il resta un bref instant dans cette posture, aux aguets, tel un vautour guettant sa proie. On eût dit qu'il hypnotisait les eaux. Et puis, tout à coup, il plongea les mains dans le remous, pour les en retirer aussitôt. Qu'avait-il capté dans ses deux paumes jointes ? Il m'adressa un sourire qui en disait long et les porta à ses lèvres. Il buvait les perles de la vie par petites gorgées. C'était les diamants du torrent, la quintessence de l'onde.

Précis, ramassé sur lui-même, il répéta son geste de rapace. Quand il eut rempli sa bouche de ces gouttes miraculeuses, il sortit de la rivière et vint me les offrir.

Lèvres contre lèvres, le petit me transfusa la force. Désormais, je devrais trouver en moi assez de ressources pour affronter mes démons intérieurs.

J'enroulai Hima dans ma grosse veste en laine de yak. Nous restâmes un moment serrés l'un contre l'autre, enveloppés d'un bonheur proche de la béatitude. Il me semblait que la métamorphose s'opérait déjà, quand nous fûmes rattrapés par la réalité. Des coups de feu claquèrent comme des fouets dans la vallée, des détonations sèches et sourdes qui ne s'apparentaient pas aux tirs de mines déclenchés par les cantonniers.

Intrigués par ces bruits de guérilla, nous sommes

redescendus en quatrième vitesse vers Tingri. Nous eûmes bientôt la réponse. Aux coups de feu se mêlaient maintenant des hurlements de chiens blessés, sur lesquels les soldats chinois tiraient à vue.

Le matin même, autour du caravansérail, nous avions aperçu plusieurs de ces grands chiens jaunes qui erraient dans la campagne et se regroupaient aux abords des villages.

D'aussi loin que nous pouvions voir, on repérait déjà une dizaine de dépouilles. Et autant de pauvres bêtes claudicantes, qui tentaient de s'enfuir mais étaient systématiquement abattues.

Hima se précipita sur l'un des soldats. Celui-ci l'écarta brutalement et nous menaça de son fusil. Je pensais que les Chinois n'oseraient pas poursuivre le carnage devant un étranger. C'était oublier mon apparence. Vêtu à la paysanne, buriné et encrassé de partout, je n'impressionnais guère. Pour eux, je n'étais qu'un sous-homme, un Tibéto-Sherpa de Namché-Bazar. J'avais beau m'exprimer en français, ils ne comprenaient pas et s'en foutaient.

Quand il n'y eut plus un seul animal à sauver et que tous furent traînés, sanguinolents, jusqu'aux cuisines du caravansérail, Hima jugea plus sage d'ignorer les barbares. Ignorer son ennemi, c'est une façon de le rejeter. C'est aussi une manière de l'absorber, et de le faire disparaître de tout souvenir.

Hima prônait la sagesse parce que nous étions au pays de Milarepa. Cela n'empêchait pas le petit d'être en colère.

Il s'emballa :

– Chez nous, celui qui tue un chien ne fait plus partie du monde des humains. Plus tard, il deviendra lui-même chien errant. Il vivra sans maître, et sans âme. Il aura froid et faim. Il perdra la vue, le flair, le langage. Tu connais nos mœurs, nos modes de vie.

As-tu seulement vu quelqu'un lever la main sur un yak ? Sur un chat ? Non, bien sûr, parce que celui qui lèverait la main sur un animal perdrait aussitôt son honneur. Il ne lui resterait pas assez de toute sa vie pour obtenir un karma qui rachèterait sa faute.

Je le félicitai :

– Tu parles comme un vrai religieux. Tu penses en lamaïste.

– Je parle et je pense sherpa. Et les Sherpas pensent comme leurs frères de race. Cette tuerie m'indigne, comme elle indigne tous les Tibétains.

– D'accord, Hima, tu penses sherpa, mais les Chinois pensent différemment. Pour eux, un chien n'est qu'un chien.

– C'est bien ce que je leur reproche, parce que vois-tu, Alex, ces grands chiens jaunes du Tibet ne sont pas de simples chiens jaunes. Et quand bien même ils ne seraient que des chiens, eh bien, ils mériteraient d'être respectés en tant qu'êtres vivants.

Je demandai :

– Dis-moi, Hima, si ces grands chiens jaunes ne sont pas des chiens, qui sont-ils ?

Le petit me regarda d'un drôle d'air. Décidément, les gouttes de vie ne me rendaient pas plus intelligent. J'insistai :

– Eh bien, réponds-moi. Qui sont ces chiens jaunes ?

– Des guerriers

Je restai stupéfait.

– Des guerriers ?

– Oui, des guerriers khampas, des résistants de l'Amdo.

– Tu veux dire que ces guerriers ont été réincarnés en chiens ?

– Oui, en chiens veilleurs.

Il me désarmait :

– Tu veux dire qu'ils veillent, ou qu'ils surveillent ?

– Ils font les deux. Et c'est pourquoi les Tibétains d'aujourd'hui les nourrissent, les soignent et les aiment. Tant qu'il y aura des chiens jaunes au Tibet, eh bien, les Chinois n'auront pas raison du peuple.

Je demandai :

– Et les Chinois savent que ces chiens jaunes les ont combattus lorsqu'ils étaient guerriers ?

– Bien sûr que non. C'est un secret que les Tibétains gardent jalousement.

– Tu en es sûr ?

– Tout à fait sûr.

– Alors, comment expliques-tu cette tuerie ?

Hima n'eut pas le temps de m'expliquer. Un car de touristes entra dans la cour. Il arrivait de Kathmandu par la route. En quelques heures, il était passé des vertes rizières de Baktapur à ce haut plateau désolé.

Une trentaine de passagers en descendirent : des Allemands, des Italiens. Sonnés par l'altitude, ils ne prêtèrent pas attention aux traînées sanglantes qui striaient la cour.

Depuis quelque temps, on ne trouvait rien d'autre à manger dans la région que la tsampa, de la farine d'orge grillée arrosée de thé au beurre de yak, et des raviolis cuits dans la graisse de mouton. C'est le genre de nourriture que les touristes n'apprécient pas. Aussi, tout aubergiste agréé par les tour operators chinois essaie d'améliorer l'ordinaire.

À Tingri, ce jour-là, il ne restait de comestible qu'une bande de grands chiens jaunes dispersés dans la campagne. Peut-être venaient-ils de Shigatsé, de Chamdo ou du Changtang ? Peut-être avaient-ils déjà échappé à un ou plusieurs massacres ? Bien sûr, ils avaient vu la mort de près en 1950, quand l'armée de Mao Zedong avait envahi le pays. Ils avaient vu la mort et donné la mort. On ne naît pas guerrier pour rien. Ils avaient nécessairement tué avant d'être anéantis à leur tour. Les poignards sont efficaces lorsqu'ils surprennent l'ennemi. Quand ce dernier est sur ses gardes, le poignard s'ennuie dans son fourreau.

Ce n'était pas le cas des couteaux de boucher qui s'activaient méchamment dans les cuisines du caravansérail. Ça coupait et ça découpait à la va-vite. On jetait les morceaux dans d'énormes marmites où mijotaient des choux. La soupe était copieuse, le ragoût crapoteux, pour ne pas dire dégoûtant. Bouillonnaient pêle-mêle cœurs et foies de guerriers, cuissots et cervelles de chiens.

Il ne restait plus qu'à saler et à touiller. Et quand tout fut préparé, prêt à servir, quelques marmitons barbouillés de sang sortirent discrètement des cuisines en traînant les peaux des grands chiens jaunes, qu'ils étendirent sur un fil de fer où séchait du linge.

Quinze dépouilles de guerriers qui pendaient lamentablement. De quoi nourrir les étrangers de passage toute une semaine. Ils mangeraient sans le savoir, et avec appétit, les fameux résistants khampas qui avaient combattu les Chinois. Il nous fallait prévenir les touristes. Nous allâmes de l'un à l'autre sans évoquer l'affaire des réincarnations. Manger du chien était assez fort en soi, il n'était pas besoin d'en rajouter avec les guerriers. Je me souvenais d'une phrase de Rainer Maria Rilke : « Ce qu'il y a de meilleur dans l'homme, c'est le chien. » La proposition me paraissait difficile à inverser, car ce qu'il y a de meilleur dans le chien n'est certainement pas l'homme. On ne nous crut pas. Nous étions bien trop dépenaillés pour être pris au sérieux. Aussi, Hima, dont les cheveux rouges surprenaient tout le monde, conduisit le chef du groupe dans l'enclos où pendaient les peaux. À la vue du carnage, celui-ci pâlit et se courba en deux pour vomir.

Hima me dit :

– Tu vois, Alex, il rend ce qu'il n'a pas encore ingurgité. C'est bon signe !

C'était peut-être bon signe pour lui, mais pour nous l'affaire commençait à mal tourner. Les soldats surgirent derrière nous, fusils pointés, et aboyèrent des ordres qu'il n'était pas difficile d'interpréter. Courbés en deux, nous fîmes servilement retraite vers la salle commune pour chercher nos affaires. Mais les coups commencèrent à pleuvoir. Tandis que nous tentions fébrilement de ramasser nos bagages, nos gardes du corps, déchaînés, s'en donnèrent à cœur joie de cris et de horions. Je tâchai maladroitement de protéger Hima qui, curieusement, ne réagissait pas. Soudain, une gifle plus forte le fit tomber. Lorsqu'il se releva, il brandissait un dorje croisé d'argent et de métal.

À la vue du diamant traversé par la foudre, les Chinois se calmèrent aussitôt. Je me saisis de nos sacs et, profitant de l'accalmie, je fis signe à Hima, qui, sans demander son reste, m'emboîta le pas. Nous détalâmes avant qu'ils ne se remettent de leur émotion.

Nous devions sans doute notre salut à la présence des touristes, mais Hima interpréta différemment l'incident. Dès que nous fûmes suffisamment éloignés, il me dit :

– Tu vois, Alex, on a pris des coups, mais ce sont eux qui ont mal.

Je le regardai, incrédule. Il m'adressa un de ses sourires dont il avait le secret et poursuivit :

– Tu sens quelque chose, toi ?

J'étais bien obligé de lui donner raison. J'étais contusionné de partout, mais je ne ressentais aucune douleur.

Il reprit :

– Tu ne te rends pas compte, Alex, mais tu deviens un peu sorcier.

– Non, le sorcier, c'est toi.

– À nous deux, nous avons mis l'armée chinoise en déroute.

Je remarquai :

– Excuse-moi, Hima, mais les déroutés, c'est nous !

Il protesta :

– Pas du tout ! Nous, on est libres. Eux, ce sont des esclaves.

– Tu en as de bonnes, Hima ! Tu vois des esclaves là où je vois des occupants.

– Justement, les occupants sont esclaves de leur occupation. Ils n'ont pas d'autre choix que d'être sans cesse présents pour mieux persécuter. Brimer tout un peuple les oblige à rester au milieu du peuple. Tu dois me croire, Alex, les Chinois sont prisonniers des Tibétains.

Comme je réfléchissais, il ajouta :

– Ça se défend, non ?

– D'accord, ça se défend. Je trouve quand même que tu as l'art de retourner la situation. Je ne suis pas sûr que les Tibétains t'approuveraient.

– Moi, j'en suis sûr. L'ennui, vois-tu, c'est que les Tibétains du Tibet ne sont pas assez nombreux pour digérer tous les Chinois.

– Et que préconises-tu ?

Il hésita un moment et me regarda de toute sa candeur :

– Il faudrait que j'en parle au Dalaï-Lama.

Je ne m'attendais pas à pareil culot. Comme je reprenais mon souffle, il continua :

– Tu sais ce que je lui dirais ? Eh bien, j'essaierais de le persuader de rentrer au pays. Oh, pas seul, pas seulement avec les moines. Je lui dirais : « Écoute,

Tenzin Gyatso. Il y a quatre millions et demi de Tibétains au Tibet, et quelques centaines de milliers en dehors du Tibet. Alors, demande à ton peuple de te suivre, et prends la tête du cortège. »

Le petit m'épatait. Je me prenais au jeu :

– Cinq millions de Tibétains contre un milliard de Chinois ?

– Non, pas contre, avec. Pour faire la paix.

– Et tu crois que les Chinois évacueraient le pays ?

– C'est justement ce dont j'aimerais causer avec Tenzin Gyatso. Tu sais, il y a peut-être un milliard de Chinois, mais il y a aussi quatre milliards d'autres gens. Et puis, il y a la télévision, la presse, l'opinion mondiale...

– Mais que sais-tu de la télévision ? Que sais-tu de la presse ? Que sais-tu de l'opinion internationale ?

– J'en sais ce que tu m'en as appris.

Content de lui, il éclata de rire et tira le dorje de sa poche :

– Nous, tu vois, nous avons le foudre-diamant. On a l'esprit et la matière. On a la sagesse et la connaissance.

– Moi, j'ai Hima. Et des Hima, crois-moi, cela ne court pas les rues en Chine.

Sûr de lui, il lança :

– Ça ne court pas non plus les rues en pays sherpa.

Je ne pouvais que l'approuver. Je n'étais pas au bout de mes surprises.

– Tu veux que je te montre quelque chose de surnaturel ?

Il me regardait bien trop gravement pour que ce soit une simple blague. Il reprit :

– Tu vois ce rocher ? Eh bien, je vais monter dessus pour m'envoler !

Et il s'élança aussitôt vers le bloc de pierre qui surplombait la piste.

Craignant le pire, je lui criai de revenir. Il ne m'entendait pas. Il s'immobilisa, baissa la tête et sembla se concentrer entièrement sur lui-même. Enfin, il leva les bras vers le ciel chargé de gros nuages menaçants. Alors les nuées parurent s'ouvrir. J'aperçus une trouée bleue. Et je vis Hima décoller du rocher.

Les cheveux dressés sur la tête, j'étais comme pétrifié, incapable de bouger et de parler.

Le phénomène ne dura qu'une fraction de seconde. Je ne saurais dire ce qu'il se passa ensuite, mais Hima fut soudain devant moi. Content de lui, il s'exclama :

– Ce n'était qu'un petit exercice de lévitation.

Il s'interrompit, m'observa, et reprit, souriant :

– Tu ne sauras jamais si ce que tu as vu est vrai. Je t'ai vidé de ta substance. J'ai volé ton regard.

Je reprenais peu à peu conscience :

– Tu fais ça depuis longtemps ?

– Non, et je ne suis pas encore au point. Milarepa, lui, volait très haut et très loin.

Soudain épuisé, je demandai :

– Bon, et qu'est-ce que l'on fait maintenant ? Où va-t-on ?

Le petit prit les devants :

– Maintenant, on rentre à la maison. Khami t'y attend. Elle a terminé son voyage de réflexion.

Hima voyait juste. En effet, Khami était allée au bout de son propre chemin. Et la réflexion tournait à mon avantage. Je m'en aperçus aussitôt à sa façon de m'appeler Alexandre. Elle prononçait mon vrai prénom pour la première fois. Ce n'était pas que Jean ne comptait plus pour elle. Cela voulait dire qu'elle ne comptait plus sur Jean. Elle admettait qu'il ne réapparaîtrait plus jamais sous une forme humaine. Encore moins sous la mienne. Je n'étais plus la réincarnation de Jean, j'étais simplement son frère. Bien sûr, Jean était toujours présent dans la maison. La chambre d'Hima et quelques couloirs étaient tapissés de poèmes, de chansons, de photos. L'une d'elles montrait mon frère habillé à la sherpa, tout comme moi. Il tenait Khami par la main. Jeune fille, elle avait un visage légèrement plus ovale. Un peu de feu colorait ses pommettes saillantes, et de longues nattes retombaient sur ses épaules.

Son sourire, comme aujourd'hui encore, se reflétait dans ses yeux en amande. La jeune fille était devenue femme.

Et j'aimais cette femme qui me manifestait à nouveau un véritable attachement.

Hima ne cachait pas son contentement. L'harmonie régnait à nouveau dans la maison de Namché. Les sœurs, la mère, les cousines, les tantes paraissaient également satisfaites. Le secret n'était pas sorti de la famille. Cela aurait été trop difficile à raconter. Néanmoins, pour fêter le retour de l'harmonie et la victoire de la réflexion sur l'instinct mauvais, nous donnâmes plusieurs soirées de danses et de chants. Les voisins vinrent chez nous scander et mimer des complaintes ancestrales. Le chang coula à flots. Le chang mais aussi les laitages fermentés et le thé salé au beurre de yak.

J'avais retrouvé ma place dans la famille. Trouvé ma vraie position auprès de Khami.

Naturellement, je m'acquittais toujours des petits et gros travaux, mais j'étais passé du statut d'hôte payant au grade de maître de maison. Je partageais ce rôle avec Hima. En réalité, Hima était le véritable maître. C'est lui qui distribuait les tâches et se préoccupait de chacun. J'avais hâte de le voir grandir. Hâte et crainte mêlées. Je redoutais qu'il ne perde sa fraîcheur et son éclat avec l'âge. Je me demandais comment il allait évoluer. Pour l'instant, tout ce que disait et faisait ce petit bonhomme me semblait magique. Il agissait, pensait et s'exprimait comme un adulte. Cette précocité lui conférait une aura incomparable. Mais qu'en serait-il dix ans plus tard ?

Agirait-il, penserait-il en adulte avisé, c'est-à-dire en maître à penser ? Ses facultés exceptionnelles ne s'affaibliraient-elles pas ?

Je voulais croire qu'Hima détiendrait encore cette innocence divinatoire de l'enfance. Je me disais qu'il saurait trancher dans le vif des sujets avec le même aplomb et pêcher la vérité à la source, comme il pêchait aujourd'hui les gouttes de vie. Je me persuadais qu'il aurait les mêmes gestes, le même visage franc, les mêmes sourires entendus, les mêmes accents, la même lumière dans le regard.

Maintes fois, quand Jean était encore parmi nous et qu'il me rendait la vie impossible, j'avais été pris d'une envie impérieuse de fuir Namché-Bazar. Seul le souci de l'avenir d'Hima m'avait retenu. Tout le reste n'était que faux-semblants et sentiments détournés.

À présent, j'étais déterminé à rester auprès d'Hima. À veiller sur lui. Bien conscient que je ne serais pas plus capable de lui porter secours que de répondre à ses souhaits.

Je m'apprêtais donc à regarder Hima comme on regarde une éclipse solaire ou une comète. La fascination et l'amour l'emportaient de loin sur la nécessité. Je savais désormais que j'étais venu au monde pour observer le fils de l'Himalaya.

CHAPITRE III

Quand le peuple crie famine, il cherche à calmer sa faim. Quand le peuple n'a plus vraiment faim, il commence à crier sa liberté.

Dans la semaine qui précéda son départ, ma mère ne sut où donner de la tête. Il y avait tant à faire en urgence qu'elle finit par mobiliser entièrement Laurent Schwartz. Le psy, l'ami de toujours, l'accompagna donc à la banque comme au centre de vaccination, chez le notaire comme au cimetière, chez Damart comme au Vieux Campeur, à la mairie du XVIe comme chez Freddy.

Freddy, c'était son fourreur. Clara voulait absolument y déposer sa cape de vison sauvage. Elle l'avait achetée en 1960 chez ce même Freddy, et, chaque été, le vison qui n'était plus du tout sauvage prenait le frais dans une armoire climatisée.

Freddy n'était pas content. Clara apportait le vison beaucoup trop tard. Pourquoi avait-elle attendu le mois d'août ? La bête perdait ses poils, et lui son sang-froid. Pour rien au monde il ne prendrait en pension ce bout de fourrure qui présentait des signes de pelade et dégageait une odeur désagréable. Vrai, le vison puait le chien mouillé.

Du fourreur, on passa chez Emmaüs, où les pèlerins n'apprécièrent pas davantage. Ils préféraient la fourrure polaire au vison sauvage. Poliment mais fermement, ils rejetèrent le cadeau. Clara ne comprenait pas. Refuser sa fourrure, c'était la refuser elle-même. Elle dit à Laurent :

– Je suis donc aussi mitée ?

Pour la détendre, il répondit :

– Mais non, Clara, tu n'es ni mitée, ni miteuse. Seulement, tu sais, aujourd'hui, avec tous ces écologistes, plus personne n'oserait porter un truc comme ça !

– Tu appelles ça un truc ? !

Appliqué à conduire sa vieille Jaguar qui datait aussi des années soixante, Laurent Schwartz ne releva pas. Au bout d'un moment, il dit :

– Écoute, moi, à ta place, j'emporterais ta cape au Népal. Je suis sûre qu'elle se referait une santé en altitude.

L'idée ne déplut pas à Clara.

Au centre de vaccination, ils attendirent trop longuement. Et Clara s'énerva parce que les magazines qui s'empilaient sur la table basse dataient de l'hiver passé. Du coup, elle engueula Schwartz. Lui aussi rapportait tous les vieux rogatons dans sa salle d'attente. Oui, il prenait vraiment ses patients pour des cons. Quand même, avec tout l'argent qu'il gagnait sur leur dos, il pouvait mettre les magazines de la semaine à disposition.

Et puis brusquement, sans raison apparente, elle passa du coq à l'âne et demanda :

– Explique-moi une chose, mon ami. Peux-tu me dire pourquoi les filles que l'on voit dans les films porno ne jouissent jamais ?

Surpris, mal à l'aise, Laurent chuchota :

– Moins fort, Clara, moins fort…

Elle reprit :

– D'accord, elles gémissent, elles grimacent, mais as-tu remarqué qu'elles n'atteignent jamais l'orgasme ?

De plus en plus gêné par cette conversation que les autres patients faisaient semblant de ne pas écouter, Laurent s'étonna :

– Parce que tu regardes les films porno, toi ?

– Je les regarde en sociologue.

Elle marqua une hésitation mais poursuivit :

– Et peux-tu me dire pourquoi les hommes se retirent au moment de l'éjaculation ? Est-ce pour les besoins de la mise en scène ? Est-ce la loi du genre ou pour satisfaire le désir du spectateur ?

Il était de plus en plus embarrassé :

– Franchement, Clara, le porno, ce n'est pas ma tasse de thé. Parle-moi plutôt de Bergman ou de Woody Allen.

– Tu m'étonnes, Laurent ! En tant que psy, tu dois bien avoir une idée.

– Une idée sur quoi ?

– Sur l'orgasme des filles. As-tu remarqué qu'elles en redemandent sans cesse ? Qu'elles ne sont jamais satisfaites ? Jamais comblées ? Jamais assouvies ?

Il soupira :

– Tu devrais écrire un livre sur la question ou bien te plaindre auprès du CSA.

Elle ne désarmait pas :

– Eh bien, figure-toi que c'est fait. J'ai envoyé une lettre à Hervé Bourges. Et je n'ai pas mâché mes mots. Je lui ai dit : « Monsieur Bourges, puisque la femme est l'égale de l'homme, faites en sorte que l'on ne nous montre plus des salopes frigides mais des salopes jouissantes. Il en va de notre honneur comme de notre réputation. »

Faute de combattants, la discussion s'arrêta net. Clara avait plongé dans le trou. Elle ne se rappelait plus pourquoi elle attendait parmi d'autres gens, elle ne se rappelait plus rien.

La mémoire lui revint dans la salle des vaccinations. On lui injectait un véritable orgasme de germes et de bacilles, de virus et de bouillon de cultures.

Entre deux piqûres, elle dit :

– Ça ne sert à rien, puisque vous ne pouvez pas me faire les rappels.

– Rien ne sert à rien, et tout sert à quelque chose ! laissa tomber l'infirmière. Vous devriez remettre votre départ. Pourquoi êtes-vous si pressée ? On vous attend ?

– Non, on ne m'attend pas, je veux faire une surprise !

L'infirmière, poliment, marqua l'étonnement :

– Je ne comprends pas.

Laurent Schwartz intervint :

– Je vous en prie, mademoiselle, évitez de la questionner. Si elle se met à parler de ses fils, et de son petit-fils, alors on y sera encore demain matin.

L'infirmière demanda :

– C'est une mère juive ?

Cette fois Clara réussit à l'étonner.

– Non, mademoiselle, c'est une grand-mère juive ! Elle employait la troisième personne pour parler d'elle-même. Ça lui arrivait de temps en temps, lorsqu'elle monologuait.

Cette fois, Laurent Schwartz la prit à bras le corps. Lourde de toutes les épidémies du monde, elle se laissa porter jusqu'à l'ascenseur.

Les jours suivants, ils rencontrèrent des banquiers, des notaires, des conseillers fiscaux et juridiques. Et, chaque fois, en plein milieu de la conversation, elle eut une panne.

Parfait chevalier servant, Laurent sut la réparer et la rassurer. Là-haut, en altitude, elle commencerait une autre vie. En vérité, Laurent, l'ami de toujours, l'accompagnait le mieux possible vers son dernier voyage.

Au Vieux Campeur, Laurent la trouva formidable. Elle voulut acheter tout le magasin, parce que tout était nouveau. Elle tomba en admiration devant les rayons Escalade et Alpinisme. Tout lui plaisait : harnais et crampons, cordages et piolets, lunettes et mousquetons. Sans parler des chaussures, le fin du fin de la technisynthèse !

En définitive, elle n'acheta qu'un sac à dos, une paire de Cime TBS et des collants en Goretex garantis antitranspiration.

Là encore, Laurent dut tempérer ses envies et la pousser doucement hors de l'établissement de la rue du Sommerard.

Laurent Schwartz accompagnait Clara jusqu'au bout. Il était convaincu qu'il ne la reverrait pas. Roissy-Charles-de-Gaulle était un point de non-retour. Il avait la gorge nouée. Clara était son amie, sa petite fiancée de jadis, qui avait beaucoup vieilli.

Elle avait laissé tomber Laurent pour Charles. Elle s'était mariée. Elle avait eu des enfants, Jean et moi-même. Malgré tout, Clara était restée fidèle à Laurent, son amant platonique. À défaut de partager son lit, elle occupait son divan un peu plus qu'il n'aurait fallu, et à des heures où les psy n'ont pas l'habitude de consulter. En trente-cinq ans de vie maritale, Clara n'avait eu que deux amants. L'un de corps. L'autre de cœur. Pas une seule aventure en dehors de Paul Manceaux le philosophe et de Laurent Schwartz le psy. Elle les voyait en même temps, au jour le jour, à la nuit la nuit, avec désir et besoin. Charles, le mari, n'était pas souvent à la maison. Ce qui ne l'empêchait pas d'être au courant de la double liaison. Il ne s'en formalisait pas. Vue sous cet angle, la famille Scheller s'accommodait plutôt bien de la polyandrie. On peut ainsi dire que ma mère avait été sherpani avant la lettre. Une sherpani érudite que Paul Manceaux abreuvait de sa culture. À l'époque, le philosophe donnait dans le marxisme-léninisme. Plus tard, comme beaucoup, il avait basculé à droite. On peut retourner sa tête comme on retourne sa veste, sans perdre un gramme de sa matière grise. Manceaux mit son intelligence au service des causes qui lui semblaient les plus justes. Aujourd'hui, à soixante-douze ans, il ne militait plus que pour lui-même et se consacrait entièrement à l'écriture de ses mémoires.

La veille de son départ, prise de nostalgie, Clara l'appela. Elle voulait le voir, lui parler, le toucher. Lui dire vraiment adieu.

En réalité, Clara cherchait à savoir si le philosophe parlait d'elle dans ses mémoires et de quelle manière.

Elle tombait de nouveau mal, il était de méchante humeur :

– Je te le dis franchement, je n'en suis pas encore là !

Clara fit un rapide calcul mental. Il y avait eu une centaine de filles avant elle, et une douzaine en même temps qu'elle. Elle dit :

– Je te rappelle que nous nous sommes connus en 1947. Tu devrais te dépêcher, parce que, à ce train-là, et si tu n'as pas encore raconté nos meilleurs moments, tu seras mort avant d'avoir terminé !

La réponse fut cinglante :

– Tu es gentille, Clara, mais au cas où tu ne le saurais pas, je t'informe que je travaille sur la mémoire du siècle, et pas sur la mémoire d'une petite culotte...

Elle encaissa mal le coup. Son cœur se mit à battre la chamade. Elle trouva la force de chuchoter :

– Salaud ! Tu n'es qu'un horrible salaud !

Elle se trompait :

– C'est toi qui es une salope ! Il y a des choses qu'on ne demande pas, Clara ! Espèce de vieille conne, mais comment peux-tu imaginer que je pourrais escamoter la liaison de ma vie ?

Elle ne savait pas exactement comment le prendre. Elle se jeta à l'eau :

– Tu le penses vraiment ?

– N'insiste pas, Clara. Ce sont mes mémoires, pas les tiennes.

Elle répondit :
– Oh, les miennes, tu sais, il y a longtemps qu'elles m'ont abandonnée. Ma mémoire est ailleurs. Elle a grimpé en altitude. Elle touche au Samsara.
Elle hésita une seconde et précisa :
– Je ne parle pas du parfum, n'est-ce pas !
Il sourit enfin :
– Merci du renseignement, Clara. Tu oublies que j'ai un cousin moine au Tibet. Toi, tu serais plutôt une sorte de Heruka.
– C'est-à-dire ?
– Heruka est une divinité terrifiante qui hante le domaine intermédiaire entre la mort et la renaissance…
– C'est une chieuse, alors ?
– Une chieuse, oui, c'est ça. Tu te reconnais, n'est-ce pas ?
Il eut sans doute le sentiment d'être allé trop loin. Il ajouta sur un ton plus aimable :
– Si tu as besoin de quelque chose, tu peux toujours t'adresser à Songsten.
– À Songsten ?
– Oui, à Marcel.
– C'est son nom de là-bas ?
– Oui, Clara. Je te l'ai déjà dit. C'est son nom tibétain.
Comme l'émotion la gagnait, elle dit :
– Bon, alors je te quitte. On se reverra peut-être quelque part dans un autre monde…
Elle le crut excédé. Elle se trompait.
– Tu vas me manquer, Clara.
Elle ne put s'empêcher :
– Ne t'en fais pas, mon Paul, je ne te les casserai plus !
Il hurla :
– Mais tu ne me les as jamais cassés, espèce

d'idiote ! Comprends-moi ! Je ne suis pas de bois. Moi aussi, j'ai un cœur et des tripes. Tu veux savoir ce que je ressens ? Dis, tu veux me faire chialer ?

Il raccrocha en hoquetant.

Elle appela aussitôt Laurent. Elle avait besoin d'être consolée, besoin de lui dire qu'elle aimait encore Paul. Cela durait depuis trente-cinq ans. Laurent n'écrivait pas sur la mémoire du siècle. Il écoutait seulement la voix de gens qui souffraient d'être dans leur siècle. Lui aussi avait un cœur et des tripes. Il ne s'était jamais senti aussi seul, aussi désespéré. Il aimait Clara et ne supportait pas l'idée qu'elle allait mourir avant lui. Au moins, il l'aiderait à finir en beauté.

Au cours du vol, il y eu pas mal de trous d'air et autant de trous de mémoire. À plusieurs reprises, Clara Scheller se sentit perdue. Dès qu'elle recouvrait sa lucidité, elle tentait de se raisonner. Ne plus savoir qui on est, d'où l'on vient, où l'on va est sans doute la plus angoissante des situations. Dans le cas de ma mère, il ne s'agissait pas de trouble métaphysique, c'était une véritable désolation de soi-même, à laquelle venait s'ajouter la panique. Elle avait le sentiment que plus rien ni personne n'existait. Elle se retrouvait seule au monde, ne sachant plus où elle était ni qui elle était. Elle plongeait dans le néant et s'y noyait. Certaines fois, elle buvait seulement la tasse. Les souvenirs remontaient en accéléré. Elle connaissait bien ce phénomène qui précède la mort. D'autres fois, elle restait en immersion prolongée et y étouffait, comme étranglée par l'absence de tout repère.

Jusqu'alors, Clara était toujours ressortie de l'abîme. Elle y faisait des séjours plus ou moins prolongés mais finissait par émerger de cette opacité qu'elle appelait « ma nuit et mon brouillard ». Il s'agissait effectivement d'un internement dans l'oubli. La nuit, le brouillard étaient ses bourreaux.

Il faut dire que les médicaments à mémoire écourtaient les crises mais ne les dissipaient pas. Des médicaments, Clara en emportait une valise pleine. Laurent lui octroyait ce qui lui était nécessaire pour survivre, y compris des placebos pour dormir et d'autres pour se réveiller en meilleure forme. Le psy lui avait fait promettre d'en user avec parcimonie. Cela faisait des dizaines d'années qu'il la soignait chimiquement. Des dizaines d'années qu'elle faisait la fortune des laboratoires. Maintenant, les molécules se révoltaient. Elles agissaient en sens contraire, irrespectueuses du protocole. Ce n'était pas bon signe et Clara en avait conscience. Désormais, elle demanderait conseil à son petit-fils. Clara ne croyait guère en la vertu des préceptes new age qui abondent en librairie. Cependant, elle ne pouvait s'empêcher d'espérer beaucoup en une pratique animiste telle qu'elle se la représentait depuis qu'elle avait reçu la lettre d'Hima. Gober la lune, goûter aux perles d'eau vive, prendre la force des rochers, se délecter de la Voie lactée, se revivifier au magnétisme de l'éclair lui paraissait très heureux et fort plausible. Elle devrait d'abord maigrir de vingt ou trente kilos. Hima le lui avait expliqué dans une autre lettre. Et je crois que ma mère se préparait à prendre toutes sortes de potions tirées de plantes rares et même d'animaux domestiques et sauvages. Dont un mélange composé d'urine de yakesse en chaleur et de bave de chacal doré.

En médecine comme en sorcellerie, l'absorption est une chose, le toucher et l'odorat en sont une autre. Clara serait donc invitée à caresser le pelage électrique du chat Manul comme à respirer la puanteur du terrier où se réfugie le lièvre péteur. Mieux encore, pour se fortifier les poumons et résister aux bronchites, Clara irait au bouc comme bien des femmes âgées et des enfants. Il lui faudrait se blottir le nez contre les glandes d'un porte-musc et s'enivrer des violentes et visqueuses sécrétions.

Il y avait bien d'autres choses et bien d'autres remèdes que Clara soupçonnait maintenant. Plus simple que d'ingurgiter la pleine lune – mais il fallait le dénicher – était de gober l'œuf frais du lophophore, resplendissant comme celui du tragopan satyre, deux espèces de faisans qui habitent les grandes forêts de rhododendrons et courent les pentes boisées du pays sherpa. Très prisé également pour ses qualités gustatives et vitales, l'œuf du rouge-queue et de l'hajine sanguine, des oiseaux mystérieux qui hantent les no man's land en lisière de la dernière végétation et de la première neige. À l'œuf, bien entendu, mais pour d'autres usages et d'autres effets, on préfère parfois la fiente des rapaces, en particulier celle du gyapaé barbu, un vautour de grande envergure qui règne en très haute altitude. D'autres vautours, comme le gyps ou le moine, des prédateurs plus courants, font souvent l'affaire. C'est que les vautours tibétains se nourrissent de cadavres d'hommes. On les découpe à leur intention : un morceau de foie par-ci, une cervelle par-là, une jambe ou un bras bien désossé.

Si la fiente des prédateurs volants a ses partisans, la crotte et le crottin ont les leurs. La bouse du tchirou, de l'antilope du Tibet et celle de l'hermine n'ont pas leurs pareilles pour guérir les maladies de la peau. Le crottin du cerf à lèvres blanches, ou cerf de Thorold, procure tonus et vitalité lorsqu'il est servi avec du miel chaud sur lequel on râpe l'écorce de l'argousier. Bien sûr, Clara n'en était pas encore là…

Clara Scheller atterrit à Kathmandu en début d'après-midi. Pour elle, c'était encore le matin. Elle se sentait bien. Elle découvrit l'Himalaya par le hublot et crut apercevoir son fils Jean, assis sur un nuage.

Jean n'aurait jamais pu imaginer sa mère en Himalaya. Clara lui jouait un bon tour. Elle était là par sa faute. Mais est-ce une faute de faire un enfant avec une femme sherpa ? Est-ce une faute de faire disperser ses cendres sur le Toit du Monde, au lieu de finir entre quatre planches dans le caveau de famille ? Clara renonça au mot « faute » et le remplaça par le mot « chance ». Cela changeait tout, parce que tout alors était chance.

Clara parlait convenablement anglais. Elle se faisait parfaitement entendre de ses clients comme de ses amis collectionneurs. Toutefois, dès son arrivée au Népal, elle eut l'impression qu'on ne la comprenait pas. C'était même à se demander si l'accent d'Oxford qu'elle conservait depuis ses universités ne la desservait pas. Elle eut besoin d'un long moment pour se rendre compte que son accent n'était pas en cause. C'est que la plupart des Népalais qui l'accostaient, rabatteurs, vendeurs de kukris ou de grigris, ne connaissaient de la langue anglaise que les mots clés. Des formules apprises par cœur. Rares sont les Népalais capables d'écouter et de renseigner. Y avait-il un avion pour Lukla ? À quelle heure ? Quel jour ? Et pourquoi l'aurait-on écoutée ?

On ne descend pas comme cela d'un gros porteur en provenance de France pour s'envoler aussitôt pour le pays sherpa. Le détour par Kathmandu est une escale obligée. C'est une politesse que l'on doit au pays visité.

Il y avait foule autour de Clara. Tous proposaient leurs services. Un hôtel ? Un taxi ? Un rickshaw ? La visite des temples ? Un tour à Thamel ? Le palais royal ? Une crémation sur la Baghmati ? Les sadhus de Pashupatinath ?

Et chacun d'insister, de s'accrocher, de distribuer des cartes de visite, de laisser une trace de lui-même.

Assaillie par cette nuée de quémandeurs et de

représentants en tous genres, Clara faisait bonne contenance. Elle disait oui à tout le monde, une façon de ne pas choisir. À la fin, elle laissa faire le hasard et se retrouva, chevelure au vent, dans l'un des derniers rickshaw du royaume. Le pédaleur était plus âgé qu'elle. Sec comme un coup de trique, vêtu d'un bout de tissu délavé qui lui cachait à peine les fesses, il se faufilait adroitement entre la marée des piétons et les bus surchargés. C'était sans doute un intouchable, l'un de ces êtres nés tout en bas de l'échelle des valeurs et qui n'a d'autre espoir que d'être réincarné en mulet.

Calée entre ses bagages, Clara entrait dans le monde de la misère. Elle découvrait des millions de déshérités trop occupés à gagner de quoi se nourrir au jour le jour pour souffrir, comme elle, d'angoisses existentielles. Chercher sa nourriture quotidienne, sa dose de survie, est une tâche qui ne laisse aucun espace de liberté.

Cela occupe et préoccupe le muscle comme la matière grise, le conscient comme l'inconscient. L'eau à la bouche et l'estomac dans les talons, on est tout entier tendu vers ce seul but. Plus rien ne compte autant qu'un bol de riz. Pour un ventre affamé, la maladie, la mort, ne sont que choses sans importance. Il lui faut d'abord calmer sa fringale.

Clara se disait qu'il n'y a pas mieux pour éviter les soulèvements populaires. Quand le peuple crie famine, il cherche à calmer sa faim. Quand le peuple n'a plus vraiment faim, il commence à crier sa liberté.

Clara avait toute sa tête. L'air de Kathmandu lui réussissait. Elle allait bien et se laissait conduire par le vieil intouchable. Où l'emmenait-il ? Elle le lui demanda. L'autre se contenta de lui montrer un sourire édenté.

Au bout d'un moment, la pluie se mit à tomber. En période de mousson, c'était tous les jours ainsi. Le ciel ouvrait sa braguette vers seize heures trente et pissait dru jusqu'à dix-neuf heures. Ensuite, il faisait la pause, et recommençait vers vingt-deux heures. La braguette du ciel, c'était un mot d'enfant. Il n'y avait que Jean pour en faire de semblables. Quant à son cadet, lui, il n'inventait pas. Du moins, elle le pensait. Ah, si, une fois, en voyant un manchot. Il s'était exclamé : « Regarde, maman, un estrobras ! »

La capote du rickshaw laissait passer la pluie. L'eau attaquait de partout : par en bas, par en haut, par les côtés. C'était de grosses gouttes chaudes et grasses, un mélange d'incontinence et de transpiration. Clara n'aurait pas supporté pareil déluge à Paris. Ici, elle s'en amusait. Elle ne s'était pas sentie aussi détendue depuis des années. Était-ce le dépaysement ou les effets du décalage horaire ? Était-ce cette foule bigarrée ? Ces femmes en sari, ces hommes en pantalon serré, comme des jodhpurs ? Était-ce ces vaches sacrées et efflanquées qui ruminaient leur indolence au milieu des rues ? Était-ce ces bonzes couleur safran, ces moines couleur bordeaux qui avançaient impassibles sous leurs grands parapluies noirs ? Était-ce ces gamins dépenaillés qui jouaient au ballon de chiffon sous la saucée ? Tout l'intéressait et la ravissait.

Clara faisait confiance au vieil intouchable. Il avait une bonne tête, un bon coup de pédale, un bon sourire quand il se retournait vers elle.

À Paris, tout le monde l'avait avertie : « Reste sur tes gardes. Les voleurs, les escrocs vont te repérer. Ne montre jamais ton argent. Ne porte ni montre, ni bijoux. Méfie-toi de tous, y compris de ton ombre. On va faire ami-ami avec toi pour te mettre en confiance, et mieux te dépouiller. » Les guides ne racontaient pas autre chose. Ils étaient si suspicieux à l'égard de ce peuple de Kathmandu qu'ils dissuadaient parfois d'entreprendre le voyage. Clara ne s'était pas laissé intimider par cette lecture. Elle avait troqué tout juste son sac à main contre un sac à dos, et placé sa fortune, environ cent cinquante mille francs, dans une pochette de tissu qui lui tombait entre les seins. Elle verrait avec sa future famille comment convertir ces francs et ces dollars en roupies. Pour le reste, Laurent Schwartz et la banquière feraient le nécessaire. On prévoyait des virements à la Banque centrale de Kathmandu. Encore fallait-il que Clara y ouvre un compte. Elle s'y présenterait dès que possible. En attendant, elle avait de quoi voir venir.

La peur de Clara, ce n'était pas d'être volée, mais plutôt d'être perdue. Elle redoutait la crise soudaine. La défaillance de la mémoire, là, en pleine rue, dans son rickshaw. Que ferait le conducteur ? La débarquerait-il ou bien attendrait-il qu'elle revienne sur terre ? Elle savait ce genre d'infirmité peu fréquente au Népal. Aussi avait-elle étiqueté ses bagages à l'adresse de l'ambassade de France. Elle-même s'était largement badgée d'un petit topo clairement lisible. En principe, elle était parée, et protégée. En cas de panne, il suffisait de lire la fiche. On y expliquait qu'elle était atteinte d'une affection rare, la maladie d'Alzheimer, et qu'il n'y avait rien d'autre à faire que de patienter en la ménageant. Bien sûr, au Népal, on ne sait pas qui est Alzheimer. Sans doute n'y est-il jamais venu. Peut-être n'aime-t-il pas la montagne ? Peut-être aime-t-il les pauvres jusqu'à vouloir les préserver ? En réalité Alzheimer ne s'en prend qu'aux riches. Il se plaît à torpiller la cervelle des pays nantis. Les autres, ceux qui possèdent un PNB minable, échappent au fléau. Clara se disait que ceux qui ont faim perdent moins facilement la boule que ceux qui mangent à leur faim. C'était vite dit, mais la vérité est toujours tranchante.

Clara aimait les mots qui font mouche. Elle préférait dire un « aveugle » que dire un « non-voyant ». Dire un « sourd » que dire un « malentendant ». Dire un « chômeur » que dire un « demandeur d'emploi ».

Dire un « clochard » que dire un « SDF ». Dire un « avortement » que dire une « interruption volontaire de grossesse ». Dire « mort » que dire « décédé ». Dire « C'est un con », plutôt que dire « C'est un idiot ».

Clara gambergeait dans son vélo-taxi. Il y avait tant à voir, et tant à réfléchir, tant à découvrir et à comprendre, que sa tête fonctionnait à merveille. Elle pensait qu'il n'est pire maux que l'habitude et la routine. Elle avait attendu d'avoir soixante-neuf ans pour comprendre qu'un nomade est plus heureux sur son chameau qu'un sédentaire dans son automobile. Plus libre dans une roulotte que dans un appartement. Non, elle n'en était pas si certaine. C'était facile à dire sur le papier. Facile à idéaliser. Moins facile dans la réalité de tous les jours. Ce genre de phrases toutes faites, c'est bon pour la littérature. Pas bon pour le Romanichel, le Bédouin ou le Touareg. Le bonheur d'un Gitan, c'est d'être reconnu comme un honnête homme, pas comme un « gens » du voyage, pas comme un voleur de poules. Le bonheur du Touareg, c'est d'être reconnu comme minoritaire, et respecté comme le désert. Peut-on parler de bonheur quand on barricade les terrains communaux et que l'on empoisonne les points d'eaux ? Peut-on parler de bonheur au Népal, quand on est de caste inférieure, que l'on pourrit de faim et d'ennui dans un bidonville, un village où nul ne vient jamais s'enquérir de vous ?

Le bonheur au Népal, c'est peut-être celui que l'on apporte avec soi-même. Celui que les malheureux vous procurent quand ils font semblant d'être heureux. Ainsi pensait Clara dans son rickshaw. Elle espérait malgré tout que le vrai bonheur existait bel et bien en pays sherpa.

Clara s'éloignait du centre de Kathmandu. Elle empruntait des avenues, des ruelles. Elle entrevoyait des palais rutilants, des temples en ruine. Tout ce qui restait de la vieille ville médiévale était maintenant derrière elle, dans les flaques et les détritus. Les offrandes de fleurs et de fruits flottaient dans les rigoles, se laissant entraîner par le flot jusqu'à la rivière Bhagmati. Elles stagnaient au bord des bûchers incandescents où quelques corps finissaient de se consumer. L'odeur était âcre et piquait les yeux. Des bouts de bois encore fumants échappés du foyer glissaient nonchalamment sur l'eau comme autant de petits bateaux à vapeur.

Le rickman ralentit et entra sous un porche. Il descendit de sa bicyclette et la poussa à la main. Ils étaient arrivés dans une cour maculée de taches rouges, où voisinaient dans leurs autels les démons et les divinités. Une vache effrayante de maigreur léchait la statue de Krishna qu'une vieille femme arrosait d'un liquide salé.

Poules et cochons d'Inde se disputaient des épluchures sous l'œil hagard d'un sadhu simplement vêtu d'un cache-sexe taillé dans le tissu d'un vieux parapluie.

Une dizaine de chambrettes pas plus grandes qu'une alvéole ouvraient sur l'étage que des plantes vertes égayaient.

Le rickman descendit les bagages de Clara et tendit la main. Clara se demandait pourquoi diable il l'avait amenée dans cette cour des miracles alors que Kathmandu regorge de bons hôtels. Elle essaya de discuter. Peine perdue. Elle était à Pashupatinat, là où les gens attendent la mort en espérant la délivrance. Elle remarqua de petits tas de bois un peu partout que chacun pouvait acheter. Pour quelques roupies, on retenait juste ce qu'il fallait de combustible pour partir en fumée.

Clara paya le rickman. Un adolescent sans regard

s'empara des valises et gagna l'étage. Il se demandait pourquoi cette vieille femme trimbalait encore tellement d'affaires. D'ordinaire, les clients ne venaient qu'avec un drap et quelque nourriture.

Clara crut comprendre. Elle était si vieille, si âgée que le rickman l'avait directement conduite dans ce mouroir. C'est ici que les moribonds se préparent à rencontrer l'Être Suprême. Elle eut envie de se cacher.

Une fois dans sa cellule, Clara sentit le froid l'envahir. Une grosse chaleur humide pourrissait cependant la natte et le grabat.

Clara frissonnait tant qu'elle chercha sa cape de vison boudée par Emmaüs et la jeta sur ses épaules. L'apercevant dans cet accoutrement, le gamin sans regard, qui était resté à la porte, prit peur et s'enfuit.

En vérité, la peur glaçait aussi Clara. Pas la peur du coupe-gorge, pas la peur de la misère, mais bien celle de la mort.

La simplicité, le dépouillement du lieu l'effrayaient. Elle était habituée à un certain cérémonial du funèbre. Ici, tout était silencieux, passif, intérieur.

Clara s'approcha de la fenêtre. C'était plutôt une meurtrière, une fente dans le mur. Elle resta un moment à regarder la rivière en crue qui débordait sur le ghat. Ce qui n'empêchait pas le bois de s'embraser, ni les os de craquer. Près d'un bûcher se tenait un brahmane muni d'une pelle. Elle n'était pas certaine que ce soit un brahmane. Peut-être était-ce un intouchable ? L'homme n'attisait pas, il ne faisait que relever le feu.

Clara n'allait pas bien. Elle n'aimait ni cette solitude, ni ce silence pesant. Encore moins cet endroit où on l'avait débarquée. Elle en voulut au rickman de l'avoir prise pour un mort en sursis. Était-elle si décatie ? Si ridée ? Mais pourquoi avait-elle choisi ce bonhomme-là entre tous ceux qui se pressaient autour d'elle ? Devait-elle admettre la part du destin ? Ou au contraire la rejeter ? Bon Dieu ! elle était peut-être vieille, peut-être sur la fin, mais pas encore bonne pour les flammes. Avant de disparaître, elle avait décidé d'accomplir son chemin de purification et d'aller, d'étape en étape, vers un état où désirs et tentations n'existent plus. Mais elle ne se sentait pas encore là. Elle avait le désir de faire un bon repas et la tentation de dormir entre des draps frais. Alors, Clara Scheller sortit son guide et cocha d'un coup de crayon son futur hôtel, une magnifique demeure reconstituée dans le style Newar de la grande époque.

Le froid quitta Clara d'un seul coup. Elle transpirait à grosses gouttes sous sa cape de vison sauvage. Un oubli, elle n'y pensait même plus.

Elle appela le gamin d'une voix autoritaire. Le gosse, un apprenti croque-mort, était terrorisé par le spectacle de la vie. Tout ce qui bougeait vite et criait fort lui procurait d'horribles frayeurs. En un tournemain, il descendit les bagages du démon Bhairava, la forme la plus terrifiante de Shiva, et lui héla un taxi.

La malfaisante Bhairava récompensa le gamin. On ne lui avait jamais donné un tel pourboire. Normal, les pensionnaires qu'il recevait arrivaient débarrassés de tous les biens matériels qui nuisent à l'élévation de l'âme.

Le gamin regarda partir la Bhairava. Celle-là était si riche qu'elle devait avoir l'âme bien basse.

Riche, Clara l'était, mais à peine prenait-elle place dans la voiture qu'elle se retrouva bien pauvre. Qui était-elle ? Où allait-elle ? Incapable de s'en souvenir, elle suffoquait derrière sa mémoire qui l'abandonnait au moment où elle en avait le plus besoin.

Le chauffeur du taxi réclamait une destination précise. Il n'obtenait pas de réponse. Il lança des noms au hasard, espérant que sa cliente s'y raccrocherait.

L'étrangère ne réagissait pas. Il jugea inutile de continuer. Il se gara le long d'une petite place où ruminaient des vaches sacrées et baissa sa vitre. La pluie avait cessé. Il était tout juste dix-neuf heures. Il tira une cigarette et l'alluma. À la seconde bouffée, il demanda la permission de fumer.

Clara ne répondit pas. Peut-être dormait-elle les yeux grands ouverts ?

Le chauffeur se retourna sur son siège pour mieux dévisager sa cliente. Il lui donna de la « Madame » de la « Miss » en lui tapotant amicalement les avant-bras. Décidément, cette vieille femme tournait moins rond que son compteur. Il s'en inquiéta.

Elle suait comme une damnée sous sa cape. Elle n'avait pas eu l'idée de s'en défaire. Le chauffeur le fit pour elle. Clara remercia machinalement. Ce n'était qu'un réflexe de conditionnement mais le « *thank you* » le rassura. C'est alors qu'il remarqua le drôle de collier qu'elle portait autour du cou.

Il ne comprenait que quelques mots d'anglais mais un large sourire transforma son visage. Cette fois, il tenait le bon bout. Il s'agissait d'une Française, Mme Alzheimer, à conduire d'urgence à l'ambassade de France.

Il n'y avait plus personne à l'ambassade, juste un gardien avec son gourdin, et un planton appuyé négligemment sur son fusil d'assaut.

Les deux hommes jetèrent un coup d'œil dans le taxi. Non, cette dame ne leur disait rien. Ce n'était pas Madame l'ambassadrice.

Serviables, ils essayèrent le peu de français qu'ils connaissaient : « Bonjour », « Comment allez-vous ? », « Très jolie », « Oh là, là ».

En temps ordinaire, Clara n'aurait pas supporté de telles imbécillités. Cette fois, elle ne réagit pas. Elle était sous la vague, et s'efforçait de refaire surface.

Le chauffeur ne s'en faisait pas. Il remit son moteur en route. Le ronronnement l'aida à réfléchir. Devait-il amener cette vieille lady au poste de police le plus proche, ou la déposer dans un hôtel confortable du centre-ville ? Il avait le choix entre la police et l'hôtel. Il pouvait même la ramener à son point de départ, près des ghats de la Bhagmati. Finalement, et comme il se faisait tard, il décida d'amener la cliente chez lui.

Il habitait Thamel, dans un petit baraquement de tôle, avec sa femme et ses trois filles. Là, on était dans le grouillement de la ruelle, dans le flot incessant de la foule et le piétinement des rickshaws coincés dans les embarras. Avec les portefaix courbés sous la charge qui donnaient de la voix pour passer. Avec les vendeurs de cigarettes à l'unité. Avec les trafiquants de mégots, les fournisseurs de chiques. Tout un monde de marchands ambulants qui déambulaient d'un bout du quartier à l'autre. On était avec des femmes en guenilles, d'autres en saris chatoyants qui avançaient fièrement dans la mêlée en brandissant leur plateau d'offrandes. Avec les sadhus squelettiques, sorte de fragile assemblage d'os et de peau, au regard fou. Avec les charretiers qui claquaient du fouet et les enfants qui pataugeaient dans les flaques d'eau sous un océan de pieds nus. Aux clameurs, aux prières, aux rires, aux pleurs, aux éclats de voix des racoleurs d'échoppe, à toute cette fièvre qui sortait des bouches venaient s'ajouter le cliquetis continu des sonnettes des bicyclettes, le tintement allègre des clochettes agitées par les colporteurs. Et, sur ce fond sonore qui n'est rien d'autre que le tintamarre de la vie courante, s'inscrivaient des chansons tristes, des airs disco et rock, des musiques électriques, des mélopées de sitar et de harpe, toute une cacophonie déversée par les radios et les cassettes, qui se mêlait au chahut et au hourvari que produisait sans fin la marée humaine.

Le chauffeur déroula une natte, et invita ma mère à s'y allonger. La pièce était propre et misérable. Tout ce que la famille possédait tenait dans un coffre en fer-blanc. Le linge et la vaisselle y étaient rangés.

Morve au nez, mais impeccablement coiffées, les petites filles triaient des lentilles et jetaient à terre cailloux et charançons.

Leur mère, une belle femme, la trentaine, s'époumonait auprès d'un feu qui refusait de prendre. La fumée envahissait la pièce, et s'échappait vaille que vaille par un carreau cassé.

Le repas se préparait cependant avec cérémonie sous les yeux du maître de maison. Celui-ci s'employait à distraire Clara. Il l'instruisait des choses de l'hindouisme. Il lui montrait son autel, décrivait les déités qu'il honorait. La voix était douce, le regard généreux.

Clara suivait les explications. Elle hochait la tête pour faire plaisir mais elle n'avait pas encore retrouvé tous ses esprits. Elle allait mieux, bien mieux. Elle remontait de l'abîme en escaladant les paliers un par un. Elle voyageait depuis dix-huit heures et se croyait toujours à Paris. Elle se demandait pourquoi Laurent Schwartz, assis en lotus, discourait sur la théologie hindoue. Et que faisaient ses bagages chez ce couple d'étrangers ? Où avait-elle déjà vu le bonhomme ? Que manigançait-il dans son appartement de l'avenue Raymond-Poincaré ? D'où tenait-il ce poêle ? Pourquoi n'allumait-il pas la cheminée du salon ? Était-elle obstruée par la suie ? Elle nota : appeler le ramoneur. On servit du thé, quelques brins arrachés d'une grosse brique et arrosés d'eau bouillie. Elle demanda ses sucrettes. Comme on ne la comprenait pas, elle s'aventura jusqu'à la cuisine. Bizarre, le Canderel n'était pas à sa place. Et tout à coup Clara se souvint. Bon Dieu ! Il n'y avait pas ici de sucrettes. Ni de cuisine. Ni de salon des antiquaires.

Bon sang ! Mais qu'est-ce qu'elle foutait chez ces gens ? Qui étaient ces gosses ? Cette femme ? Ça cavalcadait dans sa tête. Elle fonçait à tout rompre vers la lumière tandis que les obstacles tombaient comme des châteaux de cartes.

Magnanime, Clara offrit une liasse de dollars à son chauffeur. Sa résurrection valait bien davantage. Ce n'était qu'un pourboire, une étrenne, comme au concierge. Sa résurrection n'avait pas de prix. Il fallait fêter la vie et célébrer la générosité. Alors, Clara entraîna tout son monde dans le meilleur restaurant de Kathmandu.

Le guide recommandait le Dwarika et il ne se trompait pas. L'hôtel était magnifique, bâti de la poussière du temps et de débris des siècles. Un chef-d'œuvre recomposé de tous les chefs-d'œuvre en péril qui hantent la vallée de Kathmandu. Portes et fenêtres de palais écroulés, figurines et déitées de sanctuaires, boiseries précieuses et frontispices de nobles demeures, balcons à colonnade, poutres décorées à l'or fin, chapiteaux en cuivre repoussé, plafonds cloisonnés et moucharabiehs de zénanas, où l'on devine encore le regard des princesses newars. Ces trésors commencent ici une seconde existence, scellée, on l'espère à jamais, dans les murs de briques ocre rouge où perle comme une rosée aigre la sueur des terrassiers et des poseurs de madriers, pauvres et intouchables de père en fils.

Éblouis par le luxe, les nouveaux amis de Clara refusèrent d'entrer. Les yeux écarquillés, ils admiraient le bel ordonnancement du service. Ils regardaient les serveuses tirées à quatre épingles, vêtues de soieries précieuses. Il y avait des filles du Teraï, de Manang et de Pokkara. Des filles du Siwalik, du Mahabharat-Lekh, du pays sherpa. Il y avait des Kirantis, des Tamangs, des Newars, des Gurungs, des Magars. Toutes allaient nonchalantes et radieuses, drapées à l'ancienne des plus belles parures de leurs provinces respectives.

Mains jointes, le chauffeur salua Clara. Elle rendit la politesse : *« Namasté, namasté. »* Elle avait appris la formule usuelle, « Bonjour » ou « Au revoir » dans son guide. Elle s'en régalait : *« Namasté, namasté »*. Et ses *« Namasté »* en appelèrent d'autres.

C'était comme un murmure joyeux, une petite musique de l'âme. Quand elle vient du cœur, et pas seulement des lèvres, elle exprime bien davantage qu'un court salut. Adressés à Clara, les *« Namasté »* disaient : « Que toutes les qualités dont vous disposez soient bénies par les dieux ! Que la maladie dont vous souffrez soit guérie à jamais. Que votre personne soit protégée par toutes les autres personnes. Que votre cœur puisse recevoir un peu de notre cœur. Que vous soyez comblée par les dieux comme vous nous avez vous-même comblés. »

La propriétaire de l'établissement, qui passait devant eux, ne put résister au plaisir de la traduction. À la fin, Clara s'écria :

– Mais ces gens ne me doivent ni hommage, ni respect. S'il vous plaît, madame, retournez donc le compliment. Je suis leur obligée. Ils m'ont recueillie, ils m'ont choyée. Rendez-vous compte, ils auraient pu me voler, et m'abandonner dans la rue !

– Chez nous, madame, les pauvres ne possèdent rien d'autre que leur honnêteté et leur droiture. Ces qualités font la richesse du peuple népalais. Leur reprendre ce qu'ils vous offrent sincèrement équivaudrait à nier leurs sentiments.

Clara apprécia l'élégance de la réponse.

Comme le chauffeur montrait des signes d'impatience, Clara prit à part la maîtresse de maison :

– Je vous en prie, dites-moi ce que je peux faire pour eux.

– Mais rien, madame, absolument rien !

Il y eut encore de nombreux *« Namasté »*, des inclinaisons de tête, des mains jointes, des sourires fleuris, des offrandes d'honnêteté et de droiture.

Clara regarda s'éloigner ces gens de rien qui étaient entrés dans sa vie à son insu. Triste, contrariée, elle salua une dernière fois du geste, et se dirigea vers une table.

Clara goûtait au luxe pour la dernière fois de sa vie, et elle entendait en profiter. Dans quelques heures, quelques jours, elle partagerait la rude existence des Sherpas. Pour l'instant, elle attendait des nouvelles de son avion. On n'était pas certain qu'il puisse décoller de Kathmandu en temps voulu. Les aiguilleurs du ciel entamaient une grève perlée, ou une grève tout court. On ne savait pas au juste. Cette grève contrariait considérablement le roi et sa suite, en partance pour Bangkok.

Réincarnation vivante de Vishnu, sa Majesté Birendra Bir Bikram Shah Dev restait clouée au sol, impuissante. Certes, il pouvait faire intervenir l'armée. En tant que roi, en tant que Dieu, Birendra n'était-il pas, à sa manière, le plus important des aiguilleurs du ciel ?

Plus délicat était d'user de ses pouvoirs divins et d'appeler à l'aide Garuda, l'oiseau mythique que Vishnu chevauche dans la plupart des représentations religieuses.

Clara n'aurait jamais imaginé trouver tant de confort et d'éclat, tant de richesse et de pompe dans les hôtels de la capitale népalaise. D'un côté la surabondance, le gaspillage. De l'autre, une disette de dînettes, juste ce qu'il fallait de nourriture pour ne pas mourir de faim, à croire que les nantis, les seigneurs jouaient à la poupée avec le peuple.

Prise en main par la jolie patronne du palace, Clara ne se faisait plus le moindre souci. On s'occupait de tout à sa place, et pour elle. Un moment, mais peut-on appeler cela un souci, elle pensa qu'il serait préférable de terminer ses jours ici. Oh, ce n'était qu'une pensée, un sursis de bonheur, pas encore un regret. Elle chassa très vite cette idée, mais celle-ci revint avec insistance. Pourquoi ne ferait-elle pas venir Hima et Alexandre dans cet endroit paradisiaque ? À vol d'oiseau, ils n'étaient qu'à deux cents kilomètres de Kathmandu. Elle leur ferait parvenir un message du genre : « Grand-mère vous attend au Dwarika Village Hotel ! »

Elle voyait d'ici la tête d'Alexandre. L'étonnement le clouerait sur place. Peut-être devrait-elle dire : « Mère et grand-mère vous attend ! » Non, c'était un pluriel singulier, une mauvaise perspective.

Elle y renonça. On ne gobe pas la lune à Kathmandu, et les eaux de la Bhagmati charrient la mort, pas la vie.

Songeuse, Clara fit couler son bain. Elle s'en doutait, c'était peut-être le dernier. Sa dernière eau chaude, son dernier robinet. Désormais, l'été, elle irait à la rivière. L'hiver, elle se contenterait d'un baquet de neige fondue.

Clara se prélassait. Ses gros seins flottaient comme des bouées. Le ventre, pareil à une île, émergeait de la mousse. Démaquillée, les cheveux défaits, Clara ressemblait à une vieille sorcière. Fardée, coiffée, la sorcière se transformait comme par magie en tragédienne, en chanteuse réaliste de début du siècle. En elle, il y avait de la Roxane et de la Sarah Bernhardt, de la Fréhel et de la Mistinguett. Sous le masque, heureusement, perçait aussi un peu d'elle-même. On devinait qu'elle avait eu du chien et du félin, de la moelle et du verbe.

En sortant du bain, Clara se regarda dans la glace. Cette fois, le miroir monumental que supportait un couple de paons aux plumes déroulées lui renvoya une image presque agréable. Surprise, elle essaya d'autres poses. Elle eut beau avancer, reculer, se cambrer, se relâcher, le miroir ne cessa de la flatter. Incroyable, elle se voyait acceptable et, pourquoi pas, désirable.

Elle pensa au *Portrait de Dorian Gray*, mais n'insista pas. Elle n'était ni débauchée, ni délurée. Tout juste avait-elle mal aimé ses fils, mal réparti ses faveurs.

Intriguée, Clara alla se présenter devant une autre glace. Celle-ci, richement décorée de soleils stylisés, lui renvoya une image encore plus complaisante.

Prise de peur, elle se recula. Que se passait-il ? Perdait-elle la vue ? Devenait-elle folle ? Le cœur battant, elle attrapa le téléphone et composa le numéro de Laurent. Réveillé en sursaut, Schwartz décrocha à l'aveugle :

– Oui, qu'est-ce que c'est ?

– C'est moi. Je te dérange ?

– Clara ! Mais d'où m'appelles-tu, nom de Dieu ?

– De Kathmandu. Écoute, il se passe quelque chose de curieux. J'ai rajeuni de vingt ans !

Schwartz n'arrivait pas à reprendre ses esprits. Il bafouilla :

– Attends un peu que j'allume. Je n'y vois rien.

Elle entendit le petit bruit sec de l'interrupteur et enchaîna :

– Écoute-moi bien, Laurent. Un miroir peut-il me renvoyer un autre reflet de moi-même ?

– Que veux-tu dire ?

– Je n'y comprends rien. Je me regarde dans la glace et je ne me reconnais pas.

– C'est-à-dire ?

– C'est-à-dire que je vois une autre bonne femme.

– Elle te ressemble ?

– Je ne sais pas. J'ai plutôt l'impression que c'est moi qui lui ressemble.

– Elle est plus jeune que toi ?

– Oui, beaucoup plus jeune, c'en est même vexant.

– Explique-toi !

– Elle me toise, elle me nargue. On dirait qu'elle surgit du passé pour me reprocher quelque chose.

– Quoi par exemple ?

Elle s'écria :

– Mais c'est à toi de me le dire !

Laurent se dit que Clara ne tournait pas rond. Il avait l'habitude qu'elle l'appelle pour un oui, pour un non. Il ne s'attendait pas à recevoir un coup de fil de Kathmandu au sujet d'un miroir déformant. Quand elle eut terminé de s'expliquer, il se hasarda :

– Tu sais, Clara, chez les grands couturiers, il y a souvent des glaces qui avantagent les silhouettes. Elles agrandissent les plus petites et amincissent les plus charnues.

Elle répliqua :

– J'admire ton réalisme, Laurent ! Je t'ai connu plus talmudeur. Pour un psy, je te trouve bien pragmatique !

Il risqua :

– Je te connais, Clara. Tu attends que j'abonde dans ton délire. Cela te ferait plaisir de me sentir paniqué. Tu aimerais m'entendre dire que tu montres des signes de schizophrénie. N'est-ce pas ?

Elle s'écria :

– Mais je suis schizophrène !

La réponse ne le surprit pas. Il calma le jeu :

– Raconte-moi plutôt comment s'est passé ton voyage ? Quand pars-tu pour Namché-Bazar ?

Elle recommença avec les miroirs :

– Au fond, tu as peut-être raison. Je loge dans un hôtel incroyable où règne une drôle d'ambiance. Les fenêtres, les portes, les meubles, tout a été récupéré dans les plus beaux palais de Patan et de Bhaktapur aujourd'hui à l'abandon. Ton interprétation côté rationnel m'invite donc à penser que les miroirs de ma chambre ont peut-être appartenu à un maharaja trop imbu de sa personne pour supporter de se voir tel qu'il était. Qu'en penses-tu, c'est cela, n'est-ce pas ?

– Eh bien, nous y sommes. Appelons donc ce phénomène le « syndrome du couturier ».

Il la sentit rassurée et ajouta :

– Bon, tu me laisses dormir maintenant. Préviens-moi dès que tu quittes Kathmandu.

Clara raccrocha et gagna la salle de bains. Le miroir l'attirait. Elle s'en détourna pour nouer une serviette autour de ses cheveux et l'affronta de nouveau. Elle resta face à face, pour dévisager l'autre.

Et l'autre lui montrait des seins fermes, un ventre plat, un visage sans rides. Clara ne put s'empêcher de sourire. L'autre cessa de la narguer et rendit le sourire. Elle était belle, fraîche, heureuse d'être admirée. Belle et sûre d'elle-même comme une femme de trente ans.

Et brusquement, peut-être à cause de cette serviette mise en turban, grâce à ce peignoir de bain qui la drapait comme un sari, le modèle et son reflet ne firent plus qu'une seule et même personne.

Clara était aux anges. Le miroir délivrait son secret. Le cœur battant, elle revint dans la chambre et rappela Laurent :

– C'est encore moi. Voilà, c'est inimaginable ! La glace m'a parlé ! Figure-toi qu'elle appartenait à l'épouse du roi Pratapa Malla, un contemporain de Louis XIV. Il y en avait une dizaine comme celle-ci dans le zénana, une sorte de galerie des glaces, en somme. Et tout était astucieusement truqué, si bien que la légitime comme les favorites, cloîtrées dans ce harem, se donnaient l'illusion d'une jeunesse éternelle. Entre elles, les femmes se voyaient telles qu'elles étaient mais s'en moquaient. Seule comptait leur représentation renvoyée par la psyché.

– Et d'où tiens-tu ces informations ?

– Il ne s'agit pas d'informations. Seulement d'interprétations.

Il la contraria gentiment :

– Ce n'est pas mal vu. Mais que fais-tu du roi ?

– Comment ça ?

– Eh bien, lorsqu'il couchait avec une de ses femmes, le roi n'était pas dans le chimérique. Il palpait, il chevauchait quelque chose de bien en chair. À mon avis, le roi aimait les grosses…

– Pas du tout, Laurent. Chez Louis XIV, on les aimait dodues. Chez Pratapa Malla, on les préférait fines et menues. L'ennui, c'est qu'elles se gavaient de sucreries et qu'elles fabriquaient de la mauvaise graisse.

Laurent tombait de sommeil.

– Tu devrais raccrocher, Clara. Tu vas te ruiner.

– Ne sois pas aussi autoritaire, Laurent. J'ai encore quelque chose à te dire à propos du roi. C'était un homme très romanesque. Sais-tu seulement où il faisait l'amour à ses favorites ?

Laurent tomba pile. Le coup du roi, en quelque sorte :

– Devant la glace !

– Exactement. Il se la jouait devant la glace et s'abusait sur ses femmes comme il s'abusait sur le monde.

– Je t'en prie, Clara, il est tard.

– Comment ça, il est tard ? Il n'est que vingt-trois heures…

– D'accord, Clara. Il est peut-être vingt-trois heures pour toi, mais pour moi il est trois heures et demie du matin.

– Hein ? Qu'est-ce que tu dis ?

– Je dis qu'il est trois heures et demie du matin et que je vais me mettre sur répondeur !

Elle demanda d'une drôle de voix :

– Tu n'es pas à Paris, Laurent ?

Elle disjonctait. Dissimuler la vérité ne servait à rien.

– Si, Clara. Moi, je suis à Paris. Toi, tu m'appelles de Kathmandu.

– Moi ? Je t'appelle de Kathmandu ? Mais qu'est-ce que c'est que cette histoire de fous ? Tu sais très bien que je ne sors pas de chez moi en ce moment.

Il lâcha prise :

– Exactement, Clara, tu es chez toi, avenue Raymond-Poincaré, et tu te regardes dans un miroir aux alouettes qui te vient de je ne sais plus quel roi népalais.

Il éleva la voix :

– Alors, maintenant, tu m'écoutes, et tu prends une double dose de médicaments. Tu m'entends, Clara ? Tu m'entends bien ? Et surtout tu ne quittes pas ta chambre. À aucun prix. Sous aucun prétexte. C'est compris ?

Il comprit qu'elle n'entendait plus rien. Alors il raccrocha et s'endormit.

Ma mère venait d'atterrir à Lukla. Elle se sentait en pleine forme. Elle frôlait les trois mille mètres pour la première fois de sa vie et s'étonnait de ne pas souffrir de l'altitude. L'étonnant, c'est que Clara ne souffrait d'aucune partie de son corps, ni d'aucune partie de son âme. Elle n'était pas certaine que l'âme puisse se diviser en plusieurs secteurs ou rameaux, mais ça ne la préoccupait guère. Clara n'avait qu'un seul souci en tête : gagner au plus vite Namché-Bazar. Et c'est là où les choses se compliquaient, car il n'y a pas trente-six façons de se rendre à Namché. Ou bien on profite d'une rotation d'hélicoptère au prix fort. Ou bien on y monte à pied. Les plus sportifs font le parcours en un peu plus de quatre heures. Les autres en six ou sept heures, selon leur forme. Et puis, il y a cette interminable montée, ce dénivelé de près de mille mètres qui n'en finit pas. La pluie drue, la gadoue, le sentier glissant. Même les mulets ne s'y risquent plus. En période de mousson, seuls les porteurs assurent le trafic des provisions et du matériel. Un porteur gurung ou tamang, c'est beaucoup moins cher à l'achat qu'un petit cheval tibétain. Et puis, quand le porteur se casse une jambe, on la lui répare sans pour autant l'abattre. Le cheval, lui, est irrémédiablement condamné. On le tue pour lui éviter de souffrir. On met sa mort aux voix, on en discute longuement. En pays bouddhiste, supprimer un cheval cassé n'est pas une mince affaire. Un cheval peut en cacher un autre, et ainsi de suite. Si l'on connaît le cavalier qui le montait, en revanche on n'a aucune idée de celui ou de ceux qui habitent son enveloppe charnelle.

Clara intéressait pas mal de gens, à commencer par un pilote d'hélico prêt à faire descendre son copilote pour prendre à bord la vieille dame. Clara refusa net. Ce n'était pas une question d'argent, mais une affaire de peur. Pour rien au monde elle ne monterait dans un pareil engin. Elle manquait de courage et de confiance en sa bonne étoile. Plutôt mourir tout de suite que d'agoniser en plein vol !

Pilote et copilote prirent aimablement congé. Elle regarda l'appareil décoller de l'altiport et frissonna en pensant au pire.

Très entourée, Clara tentait de solutionner au mieux son passage vers Namché. Des guides sherpas proposaient de l'accompagner le plus lentement possible. Ils étaient équipés d'une bouteille d'oxygène, et même d'un brancard.

Clara se révolta.

Comment osait-on l'humilier ainsi ? Un brancard,

merde alors ! Pour qui la prenait-on ? Non, elle ne se voyait pas transbahutée là-dedans tout aplatie comme un cadavre. Elle valait mieux que cela et rêvait d'atteindre Namché avec panache. Et soudain elle passa du brancard à la chaise à porteurs. L'image lui plaisait bien. Autant l'idée du brancard la répugnait, autant celle de la chaise à porteur lui convenait. C'était un mode de transport noble, une invention de roi fainéant comme de roi soleil. Elle s'entêta aussitôt, décrivant à la ronde ce qu'elle attendait d'un tel véhicule.

L'ennui, c'est qu'il y avait autant de porteurs que l'on désirait à Lukla, mais pas une seule chaise digne de ce nom dans les parages.

Clara dessina donc un modèle de chaise facile à exécuter.

Cela tenait à la fois de la cabane en planches au fond du jardin et de la filanzane persane. Le croquis amusa beaucoup les Sherpas. L'un d'eux emprunta le feutre, et corrigea quelques défauts. Il s'agissait maintenant d'un vrai palanquin sur lequel la vieille dame voyagerait assise à l'abri de la pluie et du soleil. Restait à faire venir le charpentier et à discuter des délais et du coût.

En un jour, et pour huit mille roupies, la chaise de papier devint une vraie chaise à porteurs avec son marchepied, ses garde-fous, ses accoudoirs, son siège tapissé, son toit et son auvent. Le tout s'appuyait sur deux longs montants de bambou qui permettaient à quatre hommes de porter d'une même épaule.

Quand tout fut prêt, le convoi se mit en route. Un sirdar ouvrait le chemin de la dame en palanquin. Celle-ci se tenait avec majesté, surplombant de toute sa hauteur les hommes de peine que l'on n'avait jamais vus aussi joyeux.

À l'arrière suivaient les porteurs de bagages, le chef

cuistot et ses deux marmitons, la meilleure brigade de Lukla. Venaient ensuite un second sirdar et ses guides sherpas : une fameuse équipe qui atteignit cinq fois l'arête sommitale de l'Everest. Cette fois, il s'agissait d'une autre aventure, quelque chose de tout à fait inédit en pays sherpa. Un pays où toute initiative écologique est vue d'un bon œil par les esprits qui régissent l'harmonie cosmogonique de l'univers.

Il faut dire que Clara ne lésinait pas sur les moyens. Généreuse, surprenante, elle se branchait sur la même longueur d'ondes que celle des bons génies de la montagne.

La première heure, tout alla pour le mieux. Le sentier était large, presque spacieux. Des gosses de plus en plus nombreux vinrent se joindre à la procession et l'égayèrent de leurs rires tandis que villageois et cultivateurs applaudissaient cette reine blanche qui voyageait ainsi en grande pompe et en grand secret.

Des randonneurs que la pluie ne rebutait pas filmaient et photographiaient. Tout le monde cherchait à savoir qui était cette ancêtre, et où elle se dirigeait. Sherpas et porteurs, à mots couverts, s'entouraient de mystère.

Vint le moment des grandes montées, des escarpements à flanc d'abîme. Les hommes de peine avaient beau faire de leur mieux, leur passagère bringuebalait dans tous les sens, si bien qu'il fallut s'arrêter et l'attacher. Clara, qui sentait les premières morsures du froid, tira de son sac à dos la cape de vison et s'y s'emmitoufla.

Réconfortée, elle fit signe que l'on pouvait continuer. Bien sanglée, elle faisait corps avec la chaise et épousait avec souplesse les accidents du terrain.

Derrière elle, la caravane des curieux s'étirait. On y échangeait des propos où se partageaient humour et compassion, rires et craintes.

C'est que ce genre de caravane faisait aussi convoi mortuaire. Les uns pensaient qu'on avait assis la morte et ligoté son âme. Les autres la savaient encore vivante, mais se demandaient où diable aurait lieu la crémation. D'autres encore interrogeaient les prêtres, les chamans. Qui était donc ce personnage étrange dont l'entourage cachait l'identité et la destination ? Allait-elle à Thame, à Ghat, à Namché ? Se rendait-elle en pèlerinage à Tyamboche, ou à Pyanboche ? Et était-elle toujours de ce monde, ou déjà dans la traversée du Bardo ? Et était-elle simplement l'une de ces excentriques que l'on rencontre de temps en temps en pays sherpa ? Venait-elle d'Angleterre, d'Amérique, ou de France, comme cet homme au double visage qui vivait à Namché dans la maison de Khami ? Tous se posaient des questions. Et tous donnaient des réponses. Quand l'esprit vagabonde, le vague à l'âme se dissipe.

CHAPITRE IV

– S'il vous plaît, madame, auriez-vous une chambre avec vue sur la mort ?

Ce jour-là, nous étions parmi les cultures de katsam, une avoine assez maigrichonne que l'on allait bientôt récolter. Le déluge avait emporté les murets et une partie du chemin. Avec d'autres villageois, nous nous employions à réparer les dégâts. Pierre après pierre, nous colmations les brèches et remontions les éboulis.

Comme nos voisins et nos voisines n'arrêtaient pas de se taquiner, Hima me dit :

– Les mots sont faits pour goûter le silence. Le silence est fait pour permettre à chacun de goûter les mots qui s'approchent du silence !

– Tu peux me répéter ça ?

Il me regarda d'un air vaguement méprisant. Ça ne lui ressemblait pas.

– Je t'écoute, Hima !

Il s'exécuta :

– Les mots sont faits pour goûter le silence. Le silence est fait pour permettre à chacun de goûter les mots qui s'approchent du silence…

Il ajouta :

– Tu ne comprends pas ?

– Si, je comprends, tu fais de la littérature et ce n'est pas terrible…

– C'est quoi, la littérature ?

– La vraie littérature, c'est justement de ne pas en faire. C'est de parler simplement des choses compliquées sans pour autant compliquer les choses simples.

– Et c'est quoi, la fausse littérature ?

– C'est le côté sentencieux de ta phrase.

Je m'attendais à sa réponse. Il rétorqua :

– Elle n'est pas de moi, elle est de Jean.

Je risquai :

– Jean jouait avec les mots. Parfois, ça tombait juste. D'autres fois cela tombait à côté de la plaque.

– Eh bien, reprenons la phrase si tu veux bien. Et explique-moi où est la littérature là-dedans. Écoute : « Les mots sont faits pour goûter le silence. » Pour moi, Jean a voulu dire que le bavardage appelle le silence. D'accord ou pas d'accord ? Quand on te raconte une histoire qui te prend la tête, n'as-tu pas envie que cette histoire se termine au plus vite ? D'accord, ou pas d'accord ?

– D'accord !

– Alors, continuons : « Le silence est fait pour permettre à chacun de goûter les mots qui s'approchent du silence. » Pour moi, cela veut dire que le silence qui s'installe soudain en plein milieu d'un récit attise l'attention et ravive notre intérêt. D'accord ou pas d'accord ?

– Vu sous cet angle, tu as peut-être raison. Néanmoins, je ne te suis pas…

– Laisse-moi finir, et tu me suivras peut-être. Vois-tu, Alex, tu as beau faire partie du silence qui t'entoure, beau penser et te mouvoir en silence, il arrive un moment où les mots ont besoin de se faire entendre pour exister. C'est plus fort que tout. Sans la voix, sans l'accent, les mots que tu rumines en toi n'ont pas une valeur absolue. Ce ne sont que des mots venus à ton esprit. Et, pour leur donner un sens, pour les faire vivre, tu dois les conduire de ton esprit à tes lèvres. Lorsqu'elle est prononcée à haute voix, la phrase prend alors son sens et son envol. Regarde donc nos moines. Ils commencent par prier en silence. Ils honorent les dieux en ruminant des formules apprises par cœur. On les croit sereins, mais ils sont tourmentés. Et puis, brusquement, les mots envahissent la gorge et emplissent les bouches. Sortent alors les *« Om Mani Padné Hum »* aussitôt emportés par le souffle chaud des haleines. Et viennent ensuite les sons gutturaux, toute une gamme d'intonations, de modulations. Les mots s'ordonnent et s'enchaînent les uns aux autres. Ils deviennent litanie, imprécation, engagement, serment, parole donnée.

Hima en rajoutait pour m'épater. Comme il ne me croyait pas tout à fait convaincu, il ajouta :

– Comment pourrait-on donner sa parole les lèvres serrées ? La parole donnée doit être précédée du silence qui sied à l'engagement. Ensuite, elle doit jaillir de tout ton être.

– Pas forcément, Hima. Le serment fait à soi-même équivaut à une parole donnée.

– Pas tout à fait, Alex. Quand tu donnes ta parole, on t'entend la donner. Quand tu fais un serment de l'intérieur, on ne t'entend ni le jurer, ni le parjurer.

– D'accord, Hima, je suis convaincu, tu viens de gagner une médaille en chocolat.

– Ne te moque pas de moi. Puisque tu ne me crois pas, je te propose d'essayer un jeu sherpa. Voici ce que nous allons faire. Tu vois ces deux arbres : ils sont de même taille. J'en prends un, tu prends l'autre. On s'assied à leur pied. On ferme les yeux et on s'emplit de silence.

– C'est-à-dire que l'on doit méditer ?

– Oh, non, la méditation est bien trop bruyante, ça grouille en nous de partout. Méditer, c'est bien pour trouver la paix. C'est bien pour prendre une décision. Mais la paix ne se trouve que dans le courage, et la décision ne se prend que parmi un fourmillement d'indécision.

– Bon, on va s'emplir de silence. Et qu'allons-nous faire ensuite ?

– Tu dois d'abord réussir ton silence. Or, un silence réussi est un silence de mort.

Je répliquai :

– Les morts ne sont pas silencieux, puisque tu converses avec eux.

Il précisa :

– Je ne converse pas. Ils me parlent, et j'écoute ce qu'ils me disent.

J'acquiesçai :

– D'accord, on fait un silence de mort, et puis...

Il me coupa :

– Non, Alex, on ne fait pas un silence de mort. On fait le mort.

– C'est ça, ton jeu ?

– Oui, il est dangereux. Certaines fois, on meurt pour de bon.

J'acceptai de jouer à cette roulette sherpa en laissant tourner le barillet du temps. Les autres villageois n'y participeraient pas. Le jeu avait ses règles. Il durait deux heures et dix minutes. Nous avions donné notre parole, et juré sur la montagne sacrée que nous ne tricherions pas. Généralement, dans nos jeux à nous, le gagnant est celui qui résiste le plus longtemps à la torture du temps. Chez les Sherpas, et pas seulement pour cette épreuve, la victoire revient souvent au plus faible. Ici il ne s'agissait ni de faiblesse, ni de défaillance. Mais plutôt d'une aptitude à contenir le silence sous la pression des mots. Le premier qui lâchait les mots était déclaré vainqueur.

On ne gagnait rien d'autre qu'une prise de parole. Mais, à garder les mots dans la tête et la gorge, on risquait de mourir étranglé dans son propre silence. Cela explique sans doute pourquoi les Sherpas, comme les Tibétains, aiment le verbe et les chants par-dessus tout. Pas une semaille, une récolte, pas une route, une maison, pas une dévotion, une séduction, qui ne se fasse, ne se construise ou ne se pratique autrement qu'avec des incantations, des mélopées, des complaintes. Et même des romances quand il s'agit d'amour.

Adossé à mon tronc d'arbre, un épicéa de haute taille, je me mis en demeure de domestiquer mon silence. Les yeux fermés, j'essayai de faire le vide en moi tout en évitant de méditer, puisque la méditation, qui est faite de tous les bruissements de l'âme, est contraire au silence de mort. Certes, ce n'était pas la première fois que je me livrais à ce genre d'exercice. Jusqu'alors, je ne m'étais jamais senti obligé de faire taire les voix qui s'élèvent malgré soi, ni même les mots qui se forment au hasard des images qui nous apparaissent. À moins que ce ne soit les images de derrière les paupières, qui appellent les mots. Cette fois, je m'astreignis à reconstruire tout un monde intérieur fait de bric et de broc, de morceaux de pensée, de bouts de rien, et de tout ce que je ne parvenais pas à domestiquer. C'était tantôt futile, tantôt grave, et même délirant, à croire que mon cerveau me délivrait des messages auxquels il n'avait encore jamais pensé.

Et j'étais en train d'emmagasiner les clichés et les figurines, les métaphores et les symboles, quand Hima rompit le silence qu'il avait pourtant imposé :

– Arrêtons tout ! Ce n'est pas le moment de mourir, grand-mère arrive !

Interloqué et furieux, je demandai :

– Qu'y a-t-il ? Que vois-tu ? De quelle grand-mère me parles-tu ?

– Je te parle de grand-mère Clara. Elle arrive ! Elle est sur le chemin !

– Tu te trompes, Hima. Clara ne pourrait jamais venir jusqu'ici. Elle est trop vieille ! Trop malade !

– Non, je ne me trompe pas. Il s'agit bien de grand-mère Clara. Elle est magnifique, complètement dingue !...

– Les morts t'ont parlé ?

Il eut un geste d'impatience :

– Tais-toi, ils me parlent encore.

– Bon Dieu, qu'est-ce qu'ils te disent ?

– Ils me racontent une histoire géniale !

La peur au ventre, je demandai :

– Ne me dis pas que tu es en ligne avec Jean ?

Sa réponse me laissa sans voix :

– Au fait, il t'embrasse et te la souhaite bonne et heureuse.

Ma mère au bout du chemin, mon frère au bout du fil de l'au-delà. C'était beaucoup pour un seul jour. Hima ne me faisait-il pas marcher ? Je le savais assez taquin pour inventer l'événement de toutes pièces. Je voulus m'en assurer :

– Ma mère à Namché ! S'il te plaît, Hima, tu te fiches de moi. C'est une farce n'est-ce pas ?

– C'est de ta faute. Tu m'as conseillé de lui écrire. Maintenant, elle se ramène comme une lettre à la poste.

– Comme une lettre à la poste ?

– Oui, tranquillement, inexorablement.

Il remarqua mon dépit et s'indigna :

– Mais c'est providentiel, une grand-mère !

– Je crois plutôt que c'est catastrophique !

Il me regarda curieusement et dit :

– Tu ne devrais pas te braquer contre elle. Il faut l'accueillir, les bras grands ouverts.

Le petit parlait sagement. Ce n'était pas le

moment de ressasser la rancœur. Mieux valait ouvrir son cœur et ses bras. Je demandai :

– Dis-moi, elle est loin d'ici, grand-mère ?

– Non, elle est dans la montée de Namché.

– Dans la montée de Namché ? Déjà ? Tu es sûr ?

– Tout à fait sûr.

Je ne pus m'empêcher :

– C'est Jean qui te renseigne ?

– Non, ce n'est plus Jean, il a décroché. Maintenant, c'est au tour de Kalden.

– Kalden ? Mais de quoi se mêle-t-il ?

– Il se mêle de Khami. Il l'avertit, il la met en garde.

– Il la met en garde. Mais contre quoi ?

– Contre ce que tu crains toi-même…

Je dus me pincer très fort le bras, et me mordre les lèvres au sang. Non, je ne rêvais pas. Je n'étais ni mort, ni fou. Toujours vivant, toujours l'hôte du pays sherpa, toujours à la merci des divagations et des divinations d'Hima. Cette fois, il était peut-être allé trop loin.

– Je croyais que les morts ne s'adressaient pas aux femmes…

À peine ennuyé, il fit face aussitôt :

– En effet, les morts ne parlent pas aux femmes.

– Alors, comment expliques-tu cette conversation entre Kalden et Khami ?

– Je n'ai jamais dit qu'ils avaient conversé. En réalité, il y a eu transmission.

– Transmission ?

– Oui, par mon entremise.

– C'est-à-dire que tu as été le messager de Kalden ?

– Exactement. Je n'ai fait que rapporter à Khami ce que me soufflait Kalden.

– Comment fais-tu pour contacter Khami par la pensée ?

Il éluda la question :

– Ça, c'est mon secret. Et si tu veux mon avis, on pourrait peut-être aller au-devant du convoi.

– Un convoi ? Quel genre de convoi ?

Il prit un air navré :

– Franchement, je n'en sais rien. Je sais qu'elle arrive en grande pompe, mais Kalden ne m'a donné aucun détail. Tu sais, les morts nous donnent des indications. Ils nous mettent sur la voie. Ensuite, c'est à nous d'interpréter leur message.

Sans arrière-pensée, je demandai :

– Est-ce que les morts ne s'amusent pas à mentir ?

Le visage d'Hima s'éclaira :

– Oh ! si, il y a des morts farceurs. Et même des morts affabulateurs. En réalité, tu es dans la mort comme tu as été dans la vie. Fiable si tu as été sérieux. Blagueur si tu as été drôle.

– Et comment fais-tu pour savoir si le message qui te parvient émane d'un blagueur ou d'un sérieux ?

– C'est une chose que l'on sent. Et quand on n'est pas sûr, quand on doute, eh bien, on peut toujours s'adresser au bureau de renseignements.

– Quel bureau de renseignements ?

Il me jeta un regard agacé et daigna tout juste expliquer :

– C'est comme un centre d'informations. Tu appelles, et tu demandes si tel ou untel avait une bonne ou une mauvaise réputation, un bon ou un mauvais karma.

Je crus qu'il se foutait de moi, mais il devança ma pensée :

– Tu ne peux pas comprendre. Tu es là, en train de te demander comment je me branche sur le centre. Pour toi, c'est surnaturel. Pour moi, vois-tu, c'est naturel. J'entre en contact par la pensée. Je compose mentalement une sorte de code, et je pose ma question.

– Tu as un code secret ?

– Non, c'est un code normal, celui de tout les Sherpas.

Je risquai :

– Alors, peux-tu interroger le centre au sujet de Kalden ?

Il rétorqua vivement :

– Tu connaissais Kalden aussi bien que moi. Il n'était pas du genre à plaisanter.

Jusqu'au bout, j'ai refusé d'admettre que ma mère était dans la côte de Namché. Je me persuadais qu'il s'agissait d'une autre femme. Je me disais que Kalden se fourvoyait, qu'Hima interprétait le message de travers. Jusqu'au bout, j'ai espéré que ma mère ne me ferait pas cela, qu'elle nous épargnerait, Hima et moi. Je me disais que le pays sherpa n'aurait rien de bon à gagner dans cette confrontation. Bref, je repoussai de tout mon être l'échéance fatidique de la rencontre. Jusqu'au moment où je dus me rendre à l'évidence. Oui, cette grosse dame que l'on trimballait dans une chaise à porteurs était bien Clara Scheller, ma mère.

En l'apercevant, si fièrement assise dans cet attelage d'un autre âge, je restai pétrifié.

Hima ne se trompait pas. Il parlait d'un convoi. Et le cortège, en effet, était d'importance. Derrière ma mère, laquelle, il faut bien le reconnaître, nous découvrait un port de reine fainéante, suivait une cohorte hétéroclite de curieux et de désœuvrés, des batteurs de tambourins, des frappeurs de cymbales, des agitateurs de moulins à prières. Et aussi quelques gaïnés qui jouaient du luth à archet et de la flûte traversière.

Leur joie gagnait tous ceux qui croisaient la procession. Lorsqu'elle passa devant nous, nos voisins de chantier laissèrent pelles et pioches pour la suivre à leur tour.

Hima s'élança sur-le-champ au-devant de sa grand-mère.

Je le vis grimper sur le marchepied du palanquin pour mieux apercevoir celle qui répondait d'une façon aussi originale à sa lettre. Le cortège s'immobilisa. Et, soudain, tous les mauvais sentiments dont j'étais chargé me lâchèrent. Je fus comme vidé de moi-même. Si léger que je me mis à chanceler. C'est alors que le miracle eut lieu. En un éclair, j'eus la sensation d'aimer ma mère très fort. Peut-être me subjuguait-elle en arrivant de la sorte.

Tel un gosse, je me retrouvai auprès d'elle et lui donnais du tendre « maman ». Hélas, la maman ne reconnut pas son fils. Elle respirait à grandes goulées, et me regardait comme si elle me voyait pour la première fois. J'eus beau l'embrasser, lui manifester mon affection, lui rappeler mon prénom, rien n'y fit. Elle était ailleurs. Sa première parole prouva que je ne me trompais pas :

– Voyons, Laurent, coupe-moi donc cette radio. La musique est assommante !

Elle parlait sans doute à Laurent Schwartz. Je ne la savais pas aussi gravement atteinte.

– Laurent n'est pas ici, maman, et il n'y a pas de radio. La musique que tu entends est jouée par ceux qui t'accompagnent. Et c'est tout le peuple sherpa de Namché qui te souhaite la bienvenue !

Elle poursuivait son idée fixe :

– Voyons, Laurent, éteins-moi cette radio. J'ai dû la laisser allumée quelque part à la cuisine.

On ne pouvait demander aux musiciens de se taire, ni aux admirateurs de cesser leurs rires et leurs bavardages. Nous étions encore à une bonne heure de la maison.

Chemin faisant, je demandai à l'un des quatre portefaix si je pouvais prendre sa place. Bien des porteurs s'en étonnèrent. Lui-même ne comprit pas pourquoi je l'évinçais. Je pensais sincèrement que c'était à moi de porter ma mère. Pour un peu, je l'aurais prise sur mon dos. Bien sûr, avec sa cape de vison, et tout son barda de vêtements, elle pesait au moins cent vingt kilos. On n'avait jamais vu quelqu'un d'aussi gros à Namché-Bazar, ni même dans tout le pays. Aussi s'imposait-elle déjà comme un personnage hors du commun. Mais Clara intéressa encore davantage quand on sut qu'elle était la grand-mère du jeune garçon sherpa aux cheveux rouges, que tous ici révéraient et redoutaient. On lui prêtait des pouvoirs. On le disait petit bonhomme et grand sorcier. Jusqu'alors il avait prédit des bonheurs et des malheurs qui s'étaient réalisés. Il soignait et guérissait des malades. Il s'élevait de terre et décollait comme l'hélicoptère de l'armée qui ravitaille le poste gurka aux confins de Namché et de Tyamboche. Cette fois, le comble, le plus bel exploit d'Hima était sans conteste l'apparition de cette créature étrangement ronde et raide que l'on transportait avec les honneurs dans sa propre maison.

À première vue, on ne distinguait pas vraiment si l'humanoïde que le petit faisait surgir au pays était de sexe masculin ou féminin, tant il était emmitouflé de laine et de fourrure. On n'avait encore jamais vu pareil pelage dans les parages. Ce n'était pas du poil de macaque, ni de la peau d'antilope. Pas une robe de marmotte, de hamster ou de campagnol. Pas une toison de loutre, de panda ou d'ours à collier. Peut-être était-ce un manteau en renard du Tibet ? Ou en loup du Bhoutan ? À moins que ce ne soit une chuba en chat du Bengale ? Il n'empêche que la fourrure intriguait autant que celle qui la portait.

À peine installée chez nous, Clara retrouva ses esprits. Essoufflée, la poitrine et les tempes dans un étau, elle laissait parler ses yeux. Ils en disaient long. En vérité, elle paraissait bien plus soufflée qu'essoufflée, pour ne pas dire époustouflée. Non seulement elle était là, parmi nous, dans la maison sherpa où vivaient son fils et son petit-fils, mais encore elle était entourée de sa bru, la belle et discrète Khami, de ses sœurs, de ses cousines et de leurs enfants, de magnifiques petits morveux au visage de lune. Et puis, il y avait les voisins et les curieux, une ribambelle de dévots aux sourires innocemment admiratifs.

Un peu plus tard, tout le monde s'invita pour fêter l'événement. Ils n'en perdaient pas un mot. Ils savaient que l'humanoïde entraperçue dans son palanquin était une femme, et pas n'importe laquelle. Aussi la dévoraient-ils du regard tandis que, maintenant, elle vidait bol de chang sur bol de chang et tartinait du beurre de yak sur des galettes chaudes.

Rougissant de timidité, Khami reçut les plus beaux compliments.

Ma mère décréta ma femme ravissante, ce qui lui permit au passage, et à titre posthume, de féliciter Jean pour son bon goût. Sa remarque ne me fit pas mal. Je savais tout ce que je devais à mon frère, à commencer par mon bonheur présent. Grâce à lui, tous ceux que j'aimais se retrouvaient ici, dans cette maison. Jean nous manquait, bien sûr, mais son ombre planait encore partout. L'ombre et aussi son soleil, cet astre d'Hima autour duquel nous tournions tous. Clara ne put s'empêcher de l'observer et de le décrire des pieds à la tête en assortissant critiques et louanges de « Mon ange » et de « Mon trésor » qu'elle distribuait à foison.

– D'abord, mon trésor, laisse-moi te dire que ta lettre était remarquablement bien écrite. Elle m'a transportée de joie. Elle a changé ma vie. Elle lui a donné un sens. Et puis elle m'a rassurée sur le sort d'Alexandre.

La bouche pleine, elle m'apostropha brusquement :

– Pourquoi m'as-tu laissée aussi longtemps sans nouvelles ? En avais-tu seulement de moi ? Non, bien sûr ! As-tu seulement pensé que j'aurais pu mourir toute seule, sans personne, sans même l'un de mes fils…

Hima prit les devants :

– Oh, si tu étais morte, on l'aurait su !

Elle dit :

– Je sais, mon trésor, j'ai lu ta lettre une vingtaine de fois. Et j'ai noté que tu conversais avec les macchabées. Voyons, comment aurais-je pu m'entretenir avec toi, puisque j'ignorais jusqu'à ta naissance ?

Il rétorqua :

– Je ne sais pas ce qu'est un macchabée, mais ne t'en fais pas, grand-mère, le jour où tu ne seras plus de ce monde, tu me casseras les oreilles…

Elle lui décocha un drôle de sourire et détacha ses mots :

– Mon chou, les oreilles, je vais te les casser de mon vivant, car désormais ta vieille grand-mère ne te quittera plus.

D'une voix où perçait l'inquiétude, je demandai :

– Tu as l'intention de rester définitivement parmi nous ?

– Exactement. Et d'ailleurs, regarde, j'ai pris mes dispositions.

Je ressentis un pincement au cœur. Comme toujours, c'est elle qui décidait. Une fois de plus, elle me mettait au pied du mur.

Elle fourragea dans sa poitrine et en retira d'impressionnantes liasses de billets.

Elle étala l'argent sur la table et annonça :

– Là, il y a un peu plus de cent cinquante mille francs, auxquels viendra s'ajouter ce qui me reviendra de la vente de mes objets et de mon appartement.

Clara pensait nous éblouir, mais notre indifférence la blessa.

Et Hima lui dit :

– Qu'est-ce que tu veux que nous fassions avec cet argent, grand-mère ? Puisque tu veux rester chez nous, tu vivras comme nous tous. Nous avons de quoi te nourrir, de quoi te vêtir, et de quoi te rendre heureuse.

Clara l'interrompit :

– C'est ça, mon trésor. Si j'en juge par les fringues que tu portes, tu auras bien du mal à me contenter.

– Et toi, bien du plaisir à nous faire mal ! Vois-tu, grand-mère, quand on aime les gens, on les accepte tels qu'ils sont !

– Pas du tout, mon ange, on essaie de les améliorer. Les bonnes relations sont faites d'échanges constants. C'est en changeant de fréquentations que l'on avance dans la vie.

Hima se mit à rire :

– Je suis d'accord, grand-mère. J'espère que tu vas me faire découvrir plein de choses nouvelles, et que tu apprendras beaucoup avec nous.

Elle affecta un ton plaintif :

– Oh, tu sais, à mon âge, on ne fait que régresser, et regretter.

– Tu regrettes d'être parmi nous ?

– Non, je regrette de régresser.

– Mais nous, on va te faire progresser, grand-mère ! On t'aime !

– Comment peux-tu m'aimer, puisque tu ne me connais pas ?

– C'est toi qui ne me connais pas. Moi, j'ai le sens de la famille !

Elle balaya la phrase d'un geste :

– Bof, la famille, quand ce n'est pas une blessure, c'est une plaie ! Quand ce n'est pas une naissance, c'est un enterrement ! Quand ce n'est pas un mariage, c'est un héritage ! Vois-tu, mon trésor, j'en suis à me demander si les liens d'affinité ne sont pas plus solides que les liens du sang !

Hima dit :

– Je pense exactement comme toi. Alors, pour nous deux, est-ce le sang, ou l'affinité ?

– Les deux, mon chou, les deux. Tu es un merveilleux petit bonhomme.

Il lui jeta un regard noir, ce qui ne lui ressemblait pas. Il dit :

– Je ne suis pas un petit bonhomme, grand-mère. Tu devrais retirer ces mots de ta bouche.

Elle hésita un moment, et répliqua à la Sherpa :

– Ma bouche n'a pas voulu t'offenser. Mes mots sont tombés d'eux-mêmes dans l'oubli. Dis-moi plutôt pourquoi tu ne veux pas de mon argent ? Tu considères qu'il est sale ?

– Non, je le considère comme le tien, pas comme le mien. Tu sais, chez nous, on ne manque de rien.

Elle ne put s'empêcher :

– Bien sûr que si, vous manquez de tout !

Khami intervint. Elle paraissait contrariée alors même qu'elle s'efforçait de ne pas le montrer.

– Hima t'a traduit le sentiment de toute la famille. Nous n'avons pas besoin de ton aide. Puisque tu souhaites rester parmi nous, sois la bienvenue avec tes mains nues. Garde ton argent car, ici, tu t'en apercevras, nous vivons de très peu. Et lorsque nous avons besoin d'un peu plus que le très peu, alors nous faisons du troc. Nous donnons du blé ou de l'orge, des laitages ou des pommes de terre en échange d'un vêtement ou d'un ustensile.

Clara bouillait. Elle avait loupé son effet en déballant sa richesse. Et voici qu'une Sherpani se permettait de lui faire la morale. Cinglante, elle lança :

– Écoute-moi, ma belle, je te remercie pour les vêtements de première nécessité que tu te prépares à m'offrir. Ton grand cœur t'honore. C'est bien, c'est très bien. Or, il se trouve que ma garde-robe me suffit. J'ai apporté avec moi de quoi me changer chaque jour, et je n'ai pas l'intention de troquer des pommes de terre contre une petite culotte.

Elle l'avait mauvaise. Elle était encore prise aux tempes par l'altitude, mais elle eut assez de souffle pour ajouter :

– Vous êtes très gentille, Khami, très jolie, mais pour ce qui est de la propreté, et je ne voudrais pas vous blesser, ça laisse plutôt à désirer…

Hors de moi, j'intervins :

– Voyons, maman, tu devrais nous comprendre. Si quelqu'un ici doit changer ses habitudes, commence donc par changer toi-même. Tu viens d'un monde où seuls comptent l'argent et l'apparence. Ici, nous avons inversé les valeurs. L'argent n'est pas roi. L'apparence n'est pas une vertu. Seules comptent la ligne de conduite et une certaine élévation de soi-même au quotidien.

Je m'apprêtai à poursuivre, quand Clara poussa les billets vers moi :

– Garde ça quelque part ou bien mets-les au feu. Je ne suis qu'une idiote, une vieille conne ! À peine suis-je parmi vous que je vous critique et que je me fâche. Pardonnez-moi, mes chéris. Pardonne-moi, Khami. En réalité, j'ai cru bien faire en vous apportant ces richesses. Je comprends que cet argent qui n'est pas sorti de terre, comme vos cultures, est une nourriture indigne. J'ai eu tort de croire que tous les peuple rêvent d'opulence. Je vous en prie, oubliez ce moment d'égarement. À l'avenir, je saurai tenir ma place à vos côtés.

C'était inattendu. Je pensai qu'Hima faisait encore des siennes en usant de ses pouvoirs.

L'atmosphère se détendit. Hima en profita pour rassurer les curieux. Non, personne n'était fâché, on discutait juste un peu de tout, en prenant les choses à cœur. Sa grand-mère arrivait de très loin, d'un autre monde, d'une autre vie. Elle était sous l'effet de la nouveauté, comme le réincarné qui intègre une nouvelle peau. D'ici quelque temps, elle trouverait son rythme et présenterait son meilleur visage.

Ang Chumbi regardait Clara favorablement. Il était maître en théologie bouddhiste et se proposait d'instruire ma mère sur cette nouvelle enveloppe dans laquelle elle se glissait. Cela ne me plaisait guère et je m'en méfiais.

C'est lui qui avait appris le français à Khami et à Hima après avoir monté cette horrible machination contre Jean. Depuis, bien sûr, il s'en repentait. Il avait expié et payé, disait-on, de sa vie. On aurait retrouvé son squelette dans une grotte. En fait, avec ce moine-là, on était toujours dans le flou. Même Hima, pourtant si prompt à faire la part des âmes, ne parvenait pas à cerner celle-ci. Hima, braqué contre Chumbi, craignait quelque perfide manœuvre contre sa grand-mère. Qui sait si sa fortune n'intéressait pas le lama. Il y avait bien assez d'un temple à Namché. Bien assez de monastères dans les environs. Si l'argent de Clara devait être utilisé un jour, il servirait une autre cause que celle des moines.

Il y eut une brève passe d'armes entre nous trois, un combat au fleuret moucheté et au chang bien mousseux. Finalement, Ang jugea préférable de se retirer et donna le signal du départ. Les autres l'imitèrent peu après, si bien que nous nous retrouvâmes en famille.

Les femmes purent enfin toucher et caresser cette grand-mère d'un autre monde. Elles ouvrirent les sacs de voyage et sortirent en vrac les fameux vêtements. Elles palpèrent, comparèrent. Elles discutèrent de chaque article avec passion et frénésie, étoffes rares, chemisiers en soie naturelle, tailleurs en tweed, robes imprimées, déshabillés, dessous douillets, soutiens-gorge, gaines, corsets armés de baleines.

Et, le chang aidant, Clara fit sa démonstration. Elle peina tout ce qu'elle pouvait, car on ne se contorsionne pas impunément en haute altitude sans en pâtir aussitôt, mais elle joua les mannequins et répondit aux questions qui fusaient. Bientôt, toutes les femmes de la famille se retrouvèrent affublées de collants et de lingerie fine. Il s'en fallut de peu – et même de très peu – que n'éclate un nouveau scandale, lorsque dessous et dessus revinrent imprégnés d'odeurs rares, où dominaient généreusement des effluves de beurre rance. Mais Clara se retint. Mieux, elle distribua une partie de ces frivolités à celles qui les lui enviaient.

Seule Khami resta en dehors de la fête. À vrai dire, ma mère l'effrayait. L'arrivée d'un démon dans la maison n'aurait pas eu d'effet plus néfaste à ses yeux. Elle dut calmer ses sœurs et les sermonner. Il était temps de ranger la vaisselle et de mettre un peu d'ordre.

Tout à coup, Clara s'inquiéta. Où allait-elle loger ? Disposerait-elle d'une pièce confortable ?

Accompagné d'Hima, je lui fis visiter notre humble demeure. Ce n'était pas l'appartement de l'avenue Raymond-Poincaré, ni même mon quatre pièces de banlieue. Nous commençâmes par ma chambre, au premier, avec les deux banquettes à une place que j'avais trafiquées pour n'en faire qu'une seule. C'est là, dans cet espace confiné, que je partageais ma femme avec Kalden. Mais la trace de Passang, son frère, était toujours vivace. Un mani, petit autel de pierres sur lequel étaient gravées des prières, honorait ce premier mari. À terre reposaient son piolet, ses lunettes noires, ses chaussures. Le mani de Kalden s'élevait juste à côté. Ainsi, les deux disparus vivaient toujours avec nous. Jean n'avait pas eu droit à son shortem. Il n'avait été qu'un amant, pas un mari. Mais l'amant mérite mieux qu'un muret. Il avait les cloisons de la chambre pour lui tout seul. Ses photos, ses poèmes, prenaient toute la place.

Clara s'arrêta devant chaque photo, des Polaroïd qu'Ang Chumbi, le méchant Ang Chumbi d'alors, avait faits de Jean et de Khami. Et, tout en examinant ces portraits, elle prit Hima à témoin :

– Il n'y a pas de doute, tu es son portrait craché ! Oui, Jean est bien ton père !

Et Hima de répondre, sans vouloir la contredire :

– Jean est peut-être mon père, mais je suis l'enfant du pays sherpa.

– Tu es le fils de Jean. Tu as ses yeux, ses cheveux, son esprit, son courage, son talent.

– Je suis le fils de l'Himalaya. J'ai les yeux et les cheveux de Jean. J'ai l'esprit et le courage de ceux qui m'ont élevé.

Il se mit à rire :

– Mon premier père s'appelait Jean. Le deuxième, Passang. Mon troisième, Kalden. Tous les trois ont été emportés par le vent. Aujourd'hui, mon quatrième père n'est autre que le frère de mon premier père. Tu vois, grand-mère, malgré tout cela, je suis retombé sur mes pieds !

– Sur les pieds, peut-être. Mais ce que tu as dans la tête, tu le dois à Jean.

Les paroles de Clara me glacèrent. Elle ne pouvait s'empêcher de me rabaisser. C'était plus fort qu'elle.

Hima me regarda. Je le rassurai d'un clin d'œil. Il se planta devant elle :

– Ce que j'ai dans la tête, je le dois davantage à mon quatrième père qu'à mon premier. Davantage à Passang et à Kalden qu'à Jean. Lui, je ne l'ai pas connu. Eux, ils m'ont appris la tolérance.

Elle s'emporta :

– La tolérance ! La tolérance ! Tu as bien de la chance, mon chou. Eh bien, moi, je vais t'apprendre une chose que tu sembles ignorer : c'est que les gènes sont bien plus importants que la tolérance et l'éducation. Or, que je sache, tu n'as ni les gènes de tes papas sherpas, ni les gènes d'Alexandre, mais bien les gènes de Jean !

On eût dit une chanson de Brassens.

J'élevai la voix :

– Ça suffit, Clara. Tu n'es quand même pas venue jusqu'ici pour nous faire un cours sur la théorie des gènes.

Elle me jeta un œil noir :

– Tu m'appelles Clara, maintenant ?

– Je ne me sens pas assez intelligent pour t'appeler maman.

Ma réplique la toucha. Elle resta un instant interdite, puis demanda :

– Alors ça, c'est ta chambre ? Et que faites-vous de toutes ces couettes empilées les unes sur les autres ?

Hima me devança :

– Ça, c'est pour l'hiver. Les couettes viennent du Tibet. Elles sont en plume d'oie. Les couvertures sont en poil de yak. De nos yaks à nous. D'ailleurs, Khami t'apprendra à tisser. Tu verras, c'est ennuyeux, mais c'est bon pour le moral. Descartes a dit : « Je pense, donc je suis. » Eh bien, chez nous, on dit : « Je tisse, donc je pense. » Tu seras là, devant ton métier, à tirer ta laine, et en même temps tu tireras de toi-même les fils de ton imagination. Heure après heure, jour après jour, ma chère grand-mère, tu bâtiras d'énormes constructions de l'esprit. Les plus fantaisistes te feront rêver, mais elles s'écrouleront aussitôt. Alors, tu recommenceras. Tu mettras tes rêves cent fois sur le métier. Et cent fois, par petites touches, par effleurements de la pensée, par la sagesse et la folie qui sont en toi, tu iras explorer des mondes qui n'existent pas, mais que tu mérites.

Amusée, la grand-mère s'assit et écouta. Elle regardait le petit avec attendrissement.

Il poursuivit :

– Les doigts du tisserand sont comme ceux du musicien. Ils possèdent l'art du toucher. Ils tirent et nouent les fils, mais la musique vient de toi-même. Tu es l'instrument de tes doigts. Ils te font vibrer et chanter. Ils te font penser et rêver. Ils t'offrent des images, des sons, des odeurs que ton cerveau sélectionne. Toi, tu jettes ou tu gardes. Ou bien, comme tes doigts, tu noues le tout jusqu'au délire. Vois-tu, grand-mère – et tu ne le sais peut-être pas – non loin d'ici, à vol de vautour, des bergers aussi vieux que toi mettent deux ans pour tisser le même châle. Et, chaque jour que comptent ces années, le vieux berger va clopin-clopant, de buisson en buisson, recueillir le duvet que ses chèvres y ont laissé en tendant le cou vers la feuille ou l'épine.

« Là encore, le berger fait un choix. Il trie le poil vulgaire. Il délaisse le rêche, le commun, pour ne garder que le doux poil de gorge, le soyeux, le moelleux. Quelque chose comme le nectar du duvet. Et durant deux années, tous les après-midi, toutes les soirées, par les temps chauds ou les temps froids, dans le calme ou la tempête, par disette ou abondance, par troupeaux bien garnis ou à demi décimés, le berger tisserand des hauts plateaux va échafauder des mondes labyrinthiques d'où il ne sortira qu'une fois son travail achevé. Maintes fois, en cours de tissage, il saura pourtant trouver la sortie, mais il ne s'y rendra pas, car les univers qu'il frôle et dans lesquels il s'enfonce parfois sont bien plus fascinants que la terre désolée où il vit. Ces hallucinations du tisserand, ce don qui le transporte de son pauvre métier souvent bricolé au fin fond de l'imaginaire, lui permettent d'accomplir les gestes mécaniques et monotones du quotidien.

« Je te le dis, grand-mère : quand un marchand sort de son coffre-fort l'un de ces shattoshs et te le passe autour du cou, tu es aussitôt envahie d'une plénitude sans pareille, à croire que la longue, la très longue rêverie du tisserand n'avait qu'un seul but : le détacher de ses doigts et procurer à ceux-ci assez de sérénité pour créer ce chef-d'œuvre d'une pureté absolue. »

Clara était stupéfaite. Comment ce garçon de onze ans pouvait-il disserter aussi facilement, et donner une forme philosophique à son récit ? Pour sûr que les gênes de Jean y étaient pour quelque chose. Néanmoins, elle préféra tisser son idée pour elle toute seule. Cela ne servait à rien d'envenimer ses rapports avec Alexandre. Il n'y aurait jamais de shattosh, jamais de châle assez soyeux susceptible de les envelopper tous les deux. À moins que ce shattosh si bien mis en évidence par Hima ne soit Hima lui-même ? Elle n'en doutait pas. Hima était bien le gosse le plus rare qu'elle avait jamais rencontré. C'était le nectar des nectars. Il était fait, comme les shattoshs, de toute la gamberge de son fils aîné, de ses meilleurs sentiments comme de ses plus belles divagations, de ses extravagances comme de ses extrapolations.

Certes, il y avait sûrement beaucoup d'autres forces. Beaucoup d'autres grâces chez Hima. Beaucoup de choses qui lui venaient de sa mère, de ses ancêtres. Désormais, elle se tiendrait à la disposition du petit. Il lui restait si peu à vivre qu'elle désirait le vivre en paix.

Et, gentiment, elle demanda :

– Voudriez-vous me montrer ma chambre ? Je voyage depuis des jours et des jours, et je suis très fatiguée.

Nous n'avions rien prévu de particulier, car nous ne savions rien des projets de Clara. Nous aurait-elle prévenus que nous nous serions décarcassés pour lui trouver un endroit convenable. Chez nous, il n'y avait que la pièce où couchait Hima, celle-là même que je partageais avec lui une nuit sur deux, quand Kalden était encore de ce monde. C'était une souillarde, une sorte de remise où l'on faisait le beurre et le chang, encombrée de barattes et de récipients, de poteries et de bassines en bois cerclées de cuivre. Juste en dessous se trouvait l'étable avec les yaks et les zhums, les chèvres et les moutons.

Le dortoir communiquait avec la chambre d'Hima. La mère, les sœurs, les servantes et leurs enfants y vivaient en bonne intelligence. Quelquefois, il y passait aussi les fiancés d'un soir ou des promis plus sérieux. Bref, il y avait toujours beaucoup de bruit et d'animation, sans compter le babillage des bébés et les jeux assez remuants des jeunes garçons.

On ne pouvait demander à Clara de partager la couche d'une si grande famille, d'autant qu'elle ne s'endormait pas avant deux ou trois heures du matin. En pays sherpa, hormis les amoureux, tout le monde se couche à l'heure des poules et se réveille à celle du coq.

On ne resta que quelques secondes dans le dortoir

qui déplut à Clara. Toutefois, elle ne s'emporta pas. Certes, elle trouvait malcommode d'être obligée d'aller faire pipi dans la cour. Inconcevable de construire une maison sans même y aménager une salle de bains. Elle nous le reprocha du bout des lèvres et proposa, sans insister, c'était juste une idée, de financer les travaux. Elle remettait ça !

Nous nous regardâmes, Hima et moi. Et nous fûmes implicitement d'accord. Ce n'était même pas la peine d'en discuter. Nous n'avions rien contre une salle de bains. Encore devions-nous interroger les esprits, les ancêtres, et obtenir leur agrément. En pays sherpa, peu de maisons, sinon aucune, sont équipées d'un sanitaire. Entreprendre pareille transformation de l'habitat traditionnel serait contraire aux coutumes locales, et risquerait de porter atteinte à l'équilibre séculaire. Seuls les ancêtres possédaient le pouvoir de nous autoriser une telle dérogation. Bien sûr, c'est parfois un exploit de gagner la cour en pleine nuit quand il gèle à pierre fendre et de s'accroupir dans des latrines ouvertes à tous les vents. Évidemment, il gèle aussi dans les chambres, comme il gèlerait dans les toilettes de Clara. La question que nous nous posions, Hima et moi, relevait de l'organisation sociale comme de l'écologie et de l'éthique. En effet, équiper une maison sherpa d'un sanitaire ne nous entraînerait-il pas à installer l'eau courante ? Et l'eau courante, chacun ici le sait, ne court pas toute seule. Il lui faut son lot de tuyaux, sa robinetterie, une pompe et un moteur. Saurions-nous nous contenter d'eau froide dans une salle de bains elle-même glacée ? Le confort appelant le confort, ne serions-nous pas tentés de pourvoir la douche en eau chaude ? La maison tout entière en chauffage central ? Chauffer, oui ! Mais comment ? Avec quoi ? Le bois est déjà si rare, la forêt est si réduite que l'on use la tourbe et la bouse dans notre seul et unique poêle.

Sans avoir eu besoin de consulter les oracles, nous en arrivions à la même conclusion : le cadeau de Clara était empoisonné. Nous devions impérativement le refuser sous peine de perdre pied et de rompre l'harmonie qui règne à Namché. La seule fantaisie à envisager pour les aises de Clara était de la faire passer de l'ère des tinettes à celle du pot de chambre. Introduire le seau hygiénique en pays sherpa, c'est déjà une prouesse, un record qui restait à établir…

Faute de place, on invita Clara à camper dans la chambre d'Hima. Certes, il y avait pas mal d'allées et venues et une certaine promiscuité. Mais elle s'en accommoda. Avoir Hima comme voisin de lit, c'était aussi l'avoir comme pilote de nuit. On ne pouvait espérer meilleur guide. Meilleur accompagnateur de rêves. Meilleur préparateur en pharmacopée chamanesque.

Et, comme un fait exprès, quelques jours après son arrivée, alors que Khami lui nouait l'écharpe de bienvenue autour du cou, Clara disjoncta à nouveau. Sérieuse, la crise persistait.

J'eus beau essayer par tous les moyens de ranimer les images et les souvenirs, Clara ne reconnaissait plus personne. En un peu plus d'un an, la maladie avait considérablement progressé. J'en étais resté à quelques amnésies passagères, à des oublis, à des distractions aussi imprévues qu'inexpliquées. Il ne s'agissait alors que de prémices. On ne parlait pas encore d'Alzheimer. Nous avions peur de prononcer le mot. Peur qu'elle ne s'affole. Peur de nous retrouver tout à coup devant quelqu'un qui tire un trait sur son existence et gomme jusqu'au plus infime rappel du passé. Face à cette dégradation, à cet effondrement de la personnalité, j'avais fait preuve de lâcheté. Je savais ma mère suivie par Laurent

Schwartz, et cela me suffisait. J'étais persuadé, ou plutôt je me persuadais, qu'il lui prodiguait les meilleurs soins possibles.

Dans une lettre rédigée à mon attention, Schwartz m'apprit combien ma mère était atteinte. Il laissait entendre qu'il n'y avait rien d'autre à faire que de l'aimer et de la surveiller. À tout moment, elle risquait la fugue, l'accident. Non sans humour, il me conseillait de lui fixer une clochette autour du cou, comme on le fait avec les vaches fugueuses et les chèvres écervelées. En montagne, disait-il, grâce à l'écho, la clochette est aussi efficace qu'un bippeur électronique. Il me prévenait que j'aurais bien du mal à l'équiper aussi rustiquement, car elle avait déjà égaré deux petits appareils, le top du top de la technologie de pointe. Pour conclure, Schwartz ne me laissait guère d'espoir sur la longévité de Clara. À moins d'un miracle, ses jours étaient comptés. Il espérait qu'ils le seraient dans l'affection des siens retrouvée.

J'apprenais donc combien Clara était malade. En même temps, je compris à quel point Schwartz comptait pour elle. Bien davantage que Charles, mon père. Bien davantage que Paul Manceaux, dont le cousin germain est moine au Tibet.

Où qu'elle fût, lorsque la crise survenait, Clara voyait Laurent partout. Elle lui parlait et l'entendait. Schwartz était l'unique maillon de sa mémoire, le seul être humain qui éveillait encore quelques réminiscences en elle. Il n'était pas certain cependant qu'il fût autre chose qu'une ombre. C'était pareil pour Paris et l'appartement de l'avenue Raymond-Poincaré. Elle parlait de Paris, mais s'y voyait-elle vraiment ? À toute personne qui entrait dans la maison, ses propres habitants, les intimes, un voisin ou un étranger, elle demandait : « Vous venez de Paris ? » Toute personne, nous-mêmes comme les autres, était aussitôt perçue comme Laurent Schwartz.

Ce fantôme de Schwartz nous en faisait voir de toutes les couleurs quand elle filait derrière lui et que nous devions la rattraper pour la séparer du prétendu Laurent, la plupart du temps un yakier ou un colporteur.

Après ce premier long délire, il y eut un répit d'une quinzaine de jours. Entre-temps, Hima se comporta en petit-fils modèle. Il lui apprit à monter le yak, notre animal le plus costaud.

Il l'emmenait ainsi par les rues de Namché et les sentiers. Clara appréciait ces visites guidées, ces balades bucoliques au pays des grands sommets. Bien sûr, ce n'était pas encore les grandes virées qu'Hima lui promettait pour bientôt, mais il procédait par paliers. Il fallait y aller prudemment. Elle souffrait encore de l'altitude et suffoquait, à la limite de l'étouffement. Elle avait l'impression de respirer des trous, comme si ses poumons patinaient dans le vide. C'était un phénomène de soroché, un piège des hauteurs placé malicieusement par des esprits farceurs qui s'amusent à supprimer l'oxygène, jute pour voir comment les victimes s'en sortent. Hima lui avait expliqué qu'elle devait respirer à grandes goulées et expirer bruyamment aussitôt après en malmenant son plexus solaire. Il n'y a pas meilleure recette contre l'essoufflement que de se vider ainsi à fond pour se remplir à nouveau. Chez Clara cela faisait un bruit de tuyauterie bouchée, une sorte de glougloutement, mais ça passait.

Avec son chapeau biscornu fabriqué à Lhassa, sa chuba cousue de peau de mouton, Clara aurait pu passer pour une vraie Sherpani aux yeux des étrangers. Les gens du pays ne s'y trompaient pas. Il n'y a pas de grosses bonnes femmes à Namché et nul autre que les gamins ne chevauche les yaks.

Clara ne se plaignait pas. Il lui arrivait même de frôler le bonheur quand Hima lui désignait les montagnes qui nous environnaient, et que Jean avait admiré avant nous. Elle apprenait à reconnaître l'Ama Dablan, le Lhoste, le Nupse, l'Everest. Rien que des sommets mythiques. Jean en avait gravi certains.

De ces escapades si bien dosées par Hima, Clara revenait parfois trempée, parfois ensoleillée, souvent épuisée. Et, chaque fois, elle en redemandait un peu plus. À chacun de ses retours, toutes les femmes de la maison s'employaient à son service. C'était à qui allait tirer l'eau. À qui la faisait chauffer. À qui aidait ma mère à se déshabiller. À qui préparait les baquets. À qui tenait le savon et la serviette. À qui frottait le dos. À qui dénattait et renattait la chevelure. Notre salle de séjour se transformait en salon de beauté. Et même en hammam quand Khami ou ses sœurs, la bonne aubaine, profitaient de l'eau du baquet. Avec son bain quotidien, son linge de corps propre et repassé, Clara modifiait peu à peu les coutumes. Ce n'était qu'une goutte d'eau dans la vie de tous les jours. Mais goutte après goutte, on ne vivait plus tout à fait comme avant, ni comme ailleurs, dans la maison de Khami. Et que dire des choses de la nuit, tant elles nous stupéfiaient.

De notre chambre, nous entendions Clara et Hima discuter interminablement. Chacun racontait sa vie, son monde. Cela allait de la banalité à l'illumination. De la simple curiosité à l'avidité. Un soir, Clara entreprit d'expliquer le Tour de France à Hima. Elle commença par décrire un vélo de course. Sa spécificité, son poids, ses différents braquets. Tout y passa : les nouveaux guidons, les alliages légers, les descentes en position fœtale et les montées en danseuse. Ensuite, elle s'attarda sur la géographie de la France, sur la configuration des départements, les préfectures et les sous-préfectures.

Quand elle eut le sentiment que son petit-fils possédait bien le Tour en tête, elle s'attaqua à l'organisation, aux équipes, aux leaders et à leurs serviteurs. Elle s'emballa sur les échappées solitaires. Elle glorifia le Tourmalet et l'Alpe-d'Huez. Elle fit toute une légende de l'arrivée sur les Champs-Élysées.

Il n'y aurait jamais un Tour du Népal comme il y a un Tour de France. Trop de montagnes et de dénivelées insensées. Et surtout, bien sûr, pas assez de routes, pour ne pas dire pas de route du tout. Pas de routes, donc pas de caravane publicitaire, pas de suiveurs, pas de directeurs sportifs. Pas d'assistance, pas de journalistes. Pas de populo le long du parcours, pas de poussettes et de nuques aspergées.

En cinquante ans, Clara n'avait pas manqué un seul Tour de France. Et chaque année la même question la tourmentait. Oh ! certes, elle connaissait la réponse. Il n'empêche que personne n'en parlait, à croire qu'il s'agissait d'un sujet tabou. Cette fois encore, du fin fond de l'Himalaya, elle ne put s'empêcher d'en faire part à Hima :

– Qui me dira pourquoi il n'y a pas de coureurs juifs, pas de coureurs noirs, pas de coureurs arabes sur le Tour de France ?

Hima demanda :

– C'est quoi, un Juif ?

Comme elle ne s'y attendait pas, elle fut bien embarrassée.

– Ah çà, mon petit, si j'avais su, je t'aurais apporté *La Question juive,* de Jean-Paul Sartre.

Il ne demanda pas qui était Sartre, il le savait.

Clara cherchait la meilleure définition possible. C'était difficile, très délicat. Au bout d'un moment, elle dit :

– Écoute, un Juif c'est quelqu'un comme toi et moi. Toi, tu fais partie du peuple sherpa. Moi, du peuple français. Et les juifs, du peuple juif. Encore que l'on peut être français et juif, c'est-à-dire juif français ou juif sherpa.

– Oh non, il n'y a pas de Juifs chez nous ! Ou bien alors, nous sommes tous juifs !

Elle partit d'un éclat de rire :

– Non, vous n'êtes pas juifs, car vous n'êtes pas persécutés !

– C'est quoi, la persécution ?

– La persécution, c'est quand l'autre pense que tu n'as pas le droit de vivre.

– De vivre avec lui ?

– Non, de vivre à côté de lui.

Elle marqua une pause, et reprit :

– Attends, je vais essayer de t'expliquer. Vois-tu, à l'origine, les Juifs ne s'appelaient pas encore des Juifs, mais des Hébreux. Un jour, l'un d'eux, Moïse, leur chef spirituel, rencontra Dieu sur la montagne. Oh, bien sûr, ce n'était pas une haute montagne comme celle qui nous entoure, mais Moïse, qui avait mon âge, peina quand même pas mal pour gagner le sommet.

– Moïse, c'était un brahmane ?

– Oui, si tu veux, une sorte de brahmane, un homme de condition supérieure.

– Donc, il rencontra Dieu, et Dieu lui remit les tables de la Loi…

Elle s'étonna :

– Si tu connais, c'est peut-être inutile que je continue…

– Ne te fâche pas, grand-mère, je sais qui est votre Dieu, et aussi tout ce qu'il vous a commandé de faire et de ne pas faire. Chez nous, c'est presque la même chose, sauf que nous n'avons pas un Dieu unique, mais une kyrielle de divinités aux multiples apparences et personnalités.

Il ajouta :

– Passe-moi Abraham et Moïse, et dis-moi plutôt pourquoi il n'y a pas de Juifs sur le Tour de France ?

Elle le reprit :

– Je n'ai pas dit qu'il n'y a pas de Juifs sur le Tour. J'ai dit qu'il n'y a pas de coureurs juifs. En revanche, sur le Tour, il y a des journalistes juifs, des directeurs de course juifs, des soigneurs juifs. Vois-tu, et toutes proportions gardées, sur le Tour, il y a autant de Juifs que de non-Juifs.

– Et pourquoi les Juifs ne courent-ils pas, alors ?

– Eh bien, vois-tu, mon ange, c'est la question ! Il y a des boxeurs juifs, des footballeurs juifs, des basketteurs juifs, des athlètes juifs, des alpinistes juifs. Et pas de cyclistes juifs sur le Tour.

– Les Juifs, qu'ont-ils de particulier ?

Elle réfléchit un instant et répondit :

– C'est compliqué. On les dit riches, mais la plupart n'ont pas davantage que les autres. On les dit avares, mais ils sont généreux. En vérité, ce qui différencie un Juif d'un non-Juif, c'est que son existence est parsemée de traquenards. Vois-tu, entre le moment de sa naissance et l'instant de sa mort, il est mis en question et en péril une bonne dizaine de fois par cette espèce de judéophobie, qui est comme une épidémie. L'ennui, vois-tu, c'est qu'il n'existe pas de vaccin contre l'antisémitisme.

Il demanda :

– Jean, il était juif ?

Elle s'écria :

– Qu'est-ce que c'est que cette idée ? Bien sûr que non !

– Toi non plus ?

Elle parut soudain embarrassée :

– Écoute, je ne sais pas au juste, il paraît que ma mère l'était.

Il manifesta sa joie et clama :

– Si ta mère l'était, tu l'es également ! Et nous aussi !

– Nous ?

– Oui, Jean, Alexandre, moi-même !

Mon cœur battait la chamade à tout rompre. Voici que j'apprenais ma judaïcité à travers une cloison. Je l'entendis dire :

– Ils ne le savent même pas, je ne leur en ai jamais parlé.

Hima exulta :

– Mais moi, je le savais !

– Tu le savais ?

– Oui, les morts m'ont prévenu depuis longtemps et, crois-moi, cinq millions de morts ça fait du bruit et ça fait froid dans le dos.

Elle le regarda avec amour. Elle hésita, c'était peut-être une grosse bêtise, un sacrilège, mais elle préféra détourner la conversation :

– Écoute, mon chéri, ça me rendrait un sacré service si tu demandais aux morts pourquoi il n'y a pas de coureurs juifs sur le Tour de France.

Elle entendit Hima rire sous sa couette, alors elle reprit :

– Et pendant que tu y es, pose-leur aussi la question à propos des Arabes et des Noirs, parce que sur le Tour il n'y a pas non plus de Noirs ni d'Arabes…

Hima la coupa. Il était catégorique :

– Moi je connais la réponse.

Elle se dressa sur son lit. Bon Dieu, mais qu'allait-il encore lui sortir ? Elle attendait avec appréhension.

– Je t'écoute, mon ange !

– Eh bien, grand-mère, je crois que les Noirs, les Arabes et les Juifs ne se sentent pas chez eux sur le Tour de France.

– C'est exactement cela, mon trésor. Le vélo a été ressenti comme une conquête sociale par la paysannerie française. Et les jeunes campagnards, depuis, n'ont cessé d'honorer cette conquête. Ils en ont fait un sport, un culte. Et pour chaque fête de village, tradition oblige, on organisait – et on organise toujours – une course cycliste.

Contrarié, il lança :

– Si tu le sais, c'est peut-être pas la peine de le demander aux morts !

Elle rétorqua :

– En vérité, je ne suis certaine de rien. Il s'agit d'une explication comme une autre. Je le crois comme je crois qu'il est tout à fait logique que le Tour de France chante les villages traversés, les pâturages, les champs de blé et les alpages.

– Tu veux dire que le Tour de France, c'est comme le Tour du Peuple ?

Elle apprécia :

– Oui, c'est cela, le Tour du Peuple !

– Vois-tu, grand-mère, les Juifs, les Noirs et les Arabes qui délaissent le Tour de France, ils ressemblent aux Newars de Kathmandu, aux Tharus du Teraï, aux Gurungs de Pokhara. Eux non plus n'auraient pas l'idée de faire le tour du pays sherpa à pied. Ce n'est pas leur affaire, pas leur problème, pas leur stimulant, pas leur sport. Les Newars préfèrent sculpter le bois et la pierre. Les Tharus préfèrent chasser. Les Gurungs préfèrent chanter. Eh bien, crois-moi, grand-mère, il n'y a pas de peuple plus raffiné que les Newars, pas de peuple plus ingénieux que les Tharus, pas de peuple plus valeureux que les Gurungs. Or, tu ne trouveras jamais un Newar, jamais un Tharus, jamais un Gurung sur le toit de nos montagnes.

La grand-mère restait étourdie. Hima lui apportait la bonne réponse et la bonne parole.

Soulagée, elle s'endormit. Ce qui ne l'empêcha pas de rêver à des victoires juives. Il devait bien y avoir un Lévi ou un Cohen dans le Berry ou le Morbihan. Incroyable ! Il y en avait un en pays sherpa, et même deux avec ma mère. Ça, pour une révélation, elle était de taille...

Clara se laissait soigner par Hima. Le petit lui préparait autant d'infectes potions que de délicieuses infusions. Plusieurs fois par jour, il examinait l'urine de sa grand-mère et corrigeait ses doses selon la qualité du pipi. Clair, presque limpide, il indiquait que la patiente était au mieux. Carrément jaune, il signifiait un début d'alerte. Foncé et ocre n'auguraient rien de bon. Encore plus foncé, encore plus trouble, il y avait de quoi s'inquiéter.

Au début, Clara trouva choquant de pisser devant son petit-fils. Encore plus choquant de le voir examiner le flacon à la lumière du jour en comparant les transparences.

Hima n'inventait pas. Il ne faisait que se conformer à la tradition. La médecine tibétaine est fondée sur le diagnostic de l'urine. Le chaman étudie l'équilibre des trois humeurs. Il y a le lung, le thripa, le bekhen : le souffle, la bile, le flegme. Le lung va et vient en soi comme le vent et circule dans le corps. Le thripa consume les déchets comme la flamme consume le bois. Le bekhen serait comme un nuage noir prêt à crever. En réalité, il ne laisse s'écouler que les quelques gouttes nécessaires à l'éclosion du tempérament. Si l'une ou l'autre de ces fonctions n'est pas en harmonie, l'organisme s'affaiblit et l'urine s'épaissit.

Le chaman bouddhiste est persuadé qu'il y a connivence entre les trois humeurs du corps et les trois poisons de l'esprit. C'est-à-dire le désir, la colère, l'ignorance.

Ici comme au Tibet, il complète l'identification du mal par de longues prises de pouls. Ce contact de peau à peau peut durer des heures. Et, pendant des heures, chamans ou médecins auscultent ainsi tout le corps intérieur du patient, jusqu'à deviner ses failles, ses faiblesses, déceler l'origine de la maladie.

Bien entendu, Hima était déjà un grand maître en prise de pouls, et un fameux connaisseur en plantes, feuilles et racines de toutes sortes. Nous allions parfois tous les deux à la recherche du tsergön, un épineux bleu, ou du chakopen, une fleur pourpre qui procure instantanément des poussées d'énergie. Mais, pour revigorer ma mère, que d'énergie dépensions-nous nous-mêmes en fouillant les ravines. De ces équipées éprouvantes nous ramenions aussi la ruta et la manou, os-de-chameau et seins-de-fillette. Non seulement ces racines régulent le cœur en altitude et dans l'effort, mais encore elles donnent du souffle à ceux qui en manquent singulièrement.

Il nous arrivait de déguster sur place quelques herbes ou feuilles qui nous reconstituaient aussitôt. Des champignons aux saveurs subtiles entraînaient nos esprits au-delà de nous-mêmes. Il n'était pas rare que nous marchions, ou même que nous courions, Hima et moi, après nos têtes. Une fois, j'ai vu la mienne qui me devançait. Elle reposait sur un plateau garni de feuilles de lotus. « Reposer » n'est d'ailleurs pas le terme, tant elle me causait de désordre. Hilare, bien tranchée, elle me narguait, l'air de dire : « Si tu me veux, viens donc me chercher ! » Elle me laissait approcher, et, quand j'avançais les mains pour la saisir, quelqu'un, une troisième force peut-être, s'emparait du plateau et l'éloignait.

Dois-je dire que je préférais écouter les divagations d'Hima plutôt qu'aller chercher cette satanée tête qui paraissait ravie de ne plus m'appartenir ?

Hima avait bien plus d'expérience que je n'en

aurais jamais. Il était raisonnable jusque dans ses excès et savait doser ces petites saloperies hallucinogènes. Chez lui, la drogue venait des mots. Il s'amusait à les interchanger pour les dramatiser ou les dédramatiser.

Un jour de fastueuse cueillette, alors que nous revenions pliés en deux de rire après avoir mâchonné du cannabis sauvage, il se mit à remplacer systématiquement le mot « mer » par le mot « mort ».

« Qu'en penses-tu, Alex, si nous allions passer un week-end au bord de la mort ? »

« Ah, regarde donc comme la mort monte vite. »

« La mort est à marée haute. »

« As-tu déjà nagé dans la mort ? »

« La mort est agitée de furieuses vagues. »

« Je reviens d'un voyage en pleine mort. »

« J'ai failli me noyer dans la mort. »

« La France est bordée par trois morts : la mort du Nord, la mort de l'Atlantique, et la mort Méditerranée. »

« J'ai rencontré une sirène en pleine mort. »

« S'il vous plaît, madame, donnez-moi une chambre avec vue sur la mort. »

« Avez-vous vu cette mort d'huile ? »

« Moi, j'aime me faire bronzer au bord de la mort. »

« Je voudrais manger un plateau de fruits de mort. »

« En France, les retraités aiment vivre au bord de la mort. »

« Ah non, je ne peux pas monter à bord, car j'ai le mal de mort. »

Il y en avait eu comme cela des mille et des cents. Et ce mal de mort nous avait donné un extraordinaire bien-être de vivre.

Je crois n'avoir jamais autant ri. Pour finir, nous

nous sommes jetés dans un petit lac, et nous avons joué à nous baigner dans la mort.

Le contraire ne rendait pas du tout. On essaya tout de même, et nous avons continué à rire parce que c'était grotesque. Par exemple : « Dans cet hôpital, on mer par centaines. » « Cette guerre a fait cent mille mers. »

En changeant « mer » par « océan » – « Dans cet hôpital, on océan par centaines », « Cette guerre a fait cent mille océans » – non vraiment cela ne rendait rien. La preuve qu'il est plus facile de faire des vagues avec le verbe « mourir » qu'un ricochet dans la mort avec le mot « mer »…

Ma mère passa ainsi de la médecine dure à la médecine douce. Elle ne s'y était pas préparée, nous ne pouvions pas la sevrer brutalement de ses médicaments chimiques. De jour en jour, nous diminuions les doses prescrites par Laurent Schwartz. Nous suivions même consciencieusement les indications qu'il m'avait données dans sa lettre.

Naturellement, Schwartz n'y connaissait rien en plantes médicinales. Nous faisions de notre mieux pour éviter les effets contraires. Ce qui n'empêchait pas Hima de refiler quelquefois des feuilles de cannabis sauvage à sa grand-mère. Et, comme elle n'appréciait guère de mâchonner la chique, il lui roulait des pétards géants.

On sentait l'odeur suave du chanvre jusque dans notre chambre. La fumée qui s'infiltrait sous la porte tournait bien souvent la tête de Khami. Pour la forme, elle sermonnait son fils en népali, mais il en fallait davantage pour faire peur au petit. En réalité, les effets de la fumée nous impressionnaient favorablement et facilitaient les choses de l'amour quand nous poussions celui-ci dans ses extrêmes. Je suspectais Hima de nous inciter aux plus folles des caresses sherpas en soufflant à grandes goulées derrière notre porte. Il n'est d'ailleurs pas impossible que ma mère fût de mèche, car tous deux disparaissaient dans la nuit pendant nos ébats les plus chauds.

Un soir où ma mère menaçait de rechuter faute d'oxygénation, le petit la convia à fêter la lune. Elle savait déjà que c'était un moment rare qu'il ne s'agissait pas de gâcher et ils s'y préparèrent en s'hallucinant quelque peu.

Ils cheminèrent, bras dessus, bras dessous, jusqu'à l'aire de battage, où les yaks piétinent l'orge en tournant sur eux-mêmes. C'est là que trois ou quatre fois par an nous attendions le lever de lune pour gober l'astre dès son apparition.

Insensibles au froid, ils s'allongèrent dans la paille, face à la gigantesque masse sombre qui surplombe Namché. La lune, bien pleine mais encore invisible, n'allait pas tarder à franchir les contreforts de l'Ama Dablan après avoir frôlé les 8 153 mètres du Cho Oyu et les 8 848 mètres de l'Everest. Elle passait exactement entre ces deux sommets légendaires en laissant le Gauri-Sankar sur sa droite et le Makalu sur sa gauche. Exigeante, Clara n'entendait pas se contenter d'une caresse lunaire. Elle voulait s'en repaître séance tenante, si bien qu'Hima dut lui faire un exposé sur la technique du gobage :

– Voyons, grand-mère. Non seulement le gobeur de lune doit suivre des cours d'astronomie, mais encore doit-il faire son apprentissage auprès d'un maître. On ne gobe pas la lune comme on gobe un œuf. Mieux, grand-mère, car lorsque l'on parvient enfin à s'emplir de son fluide glacial, il y a une osmose incroyable entre l'avalé et l'avaleur, c'est-à-dire qu'à son tour la lune le happe. Elle t'avale, elle t'ingurgite. En même temps, elle te transperce et te transporte. Il y a comme un échange d'énergie et de puissance. Tu te coules en elle tandis qu'elle t'investit et s'écoule en toi.

Couchée bras écartés sur sa litière de paille, Clara demanda :

– Qui était ton maître ? Combien de temps a duré ton apprentissage ? Combien de lunes as-tu gobées ?

– J'ai été le disciple de Kalden. Mon apprentissage n'a pas duré plus de huit lunes.

– Seulement huit lunes ?

– Oui, huit fois vingt-huit jours. Généralement, il faut compter un an, et même deux ans, avant de réussir son premier gobage.

– Et combien en as-tu avalées ?

– On n'avale pas la lune par gourmandise, mais par nécessité.

– C'est-à-dire ?

– Eh bien, quand on sent diminuer ses forces, quand on perd ses pouvoirs.

Clara parut surprise :

– Tu tiens donc tes pouvoirs de la lune ?

Le visage d'Hima respirait la malice, mais elle ne pouvait le voir. Il dit :

– Oh, pas seulement de la lune. Il y a aussi l'eau, le soleil, la tempête, la foudre.

– La foudre ?

– Oui, la boule de feu. Quand elle tombe à tes pieds, elle t'électrise. Quand elle tombe sur toi, elle t'anéantit.

Inquiète, elle se renseigna :

– Elle est déjà tombée sur toi ?

– Non, bien sûr.

– À tes pieds ?

– À mes pieds ! Oh ! oui, plusieurs fois. C'est un exercice très dangereux. Si tu rates ton guidage, tu pars en flammes.

– C'est-à-dire que tu guides les éclairs ?

– Certains éclairs, oui, grand-mère. Je suis là, sous l'éclair, et je tire la ficelle pour l'amener jusqu'à moi.

Elle s'exclama :

– Là, tu me fais marcher, Hima ! On ne tient pas les éclairs avec une ficelle.

Il protesta :

– Tu ne comprends pas. Il ne s'agit pas d'une vraie ficelle, c'est plutôt un fil de l'esprit. Tout se fait par la pensée et le magnétisme.

– Tu magnétises la foudre par la pensée ?

– Oui, c'est exactement ça.

Comme le ciel commençait à s'éclairer d'une lumière blafarde du côté de la montagne sacrée, Hima chuchota :

– Bon, il faut cesser de parler maintenant. Plus un mot, plus un geste. Surtout, tu ne penses à rien, tu fais le vide en toi.

Elle fut soudain prise de frayeur et demanda d'une voix étranglée :

– Tu veux vraiment me faire avaler la lune ?

– On va essayer, grand-mère !

Affolée, elle questionna :

– Mais qu'est-ce que je dois faire ?

– Rien d'autre qu'ouvrir la bouche et les yeux.

– Pourquoi les yeux ?

– Parce que la lune traverse aussi le regard. Bon, tais-toi. Elle va surgir d'une seconde à l'autre.

Clara se tut l'espace d'un moment, mais elle ne put se contenir davantage. Elle avait besoin de se rassurer.

– Tu es mon maître, alors ?

– C'est cela, grand-mère, je suis ton maître, tu es mon disciple, et maintenant tu te calmes !

Clara regardait intensément cette tranche de lune

qui se découpait à la lisière du ciel et du sommet. Et le croissant grossissait si vite qu'il devint demi-lune et lune tout entière.

Surexcitée, Clara ne parvenait plus à faire la part du délire et de la réalité. Était-elle toujours sous l'emprise du cannabis sauvage, ou bien vivait-elle véritablement cette singulière aventure ?

Comment faire ? Devait-elle accepter l'astre ou le refuser ? Se fermer ou s'en repaître ? Clara n'était qu'une piètre apprentie, une arpète de Voie lactée. Le petit ne lui avait délivré aucun secret, aucun rituel, aucun truc capable de la guider dans sa réussite du gobage. Alors, elle s'abandonna innocemment à la lune comme elle s'était abandonnée à Laurent Schwartz et à Paul Manceaux. Elle ouvrit la bouche et les cuisses, prête à recevoir un prodigieux coup de lune qui la clouerait sur sa couche. Elle s'attendait à une jouissance, à un vertige proche de l'amour. Et tout à coup, elle eut la sensation qu'un phénomène étrange se produisait. Quelque chose de glacial envahit sa bouche et sa gorge.

C'était immatériel, du jamais vu ni ressenti. C'était comme si un rayon laser coulait en elle et l'explorait de l'intérieur. Le fluide gagnait l'œsophage, l'intestin, le ventre. Il la remplissait, il la comblait.

Clara eut l'impression d'être enceinte d'une boule froide. Et la boule remuait, cherchait sa place. Elle poussait les entrailles, jouait des coudes, se tassait en elle.

Elle voulut crier, mais n'y parvint pas. Sa mâchoire semblait paralysée à jamais.

Clara paniqua. Elle se disait que la lune tout entière était descendue dans son ventre et qu'elle s'y lovait comme un énorme fœtus. Bon Dieu ! Mais qu'avait-elle donc dans les tripes qui pesait si lourd ?

Elle chercha à bouger, à parler. Que faisait Hima ?

Était-il prisonnier, lui aussi, de cette pesanteur ? Il lui avait demandé de faire le vide en elle. Maintenant, elle était pleine d'une consistance lunaire.

Brusquement, elle fut prise de contractions. Elle savait ce que cela voulait dire pour avoir mis deux enfants au monde. Elle sentit son vagin se dilater, et la grosse masse se déplacer. Elle se demanda à quoi ressemblait un accouchement de lune. Sortirait-elle par la tête, par les pieds ? Les montagnes, les cratères, les abîmes pourraient-ils évacuer son utérus sans trop la déchirer ? Et tout de go, comme cela, sans douleur, la boule de glace s'échappa du ventre.

Alors, Clara fut libérée. Elle put à nouveau bouger, déglutir, ouvrir et refermer la mâchoire.

Elle se releva et chercha sous elle, dans la paille. Elle ne trouva rien, ni bébé lunaire, ni placenta. Pas la moindre trace de liquide amniotique, à croire que tout s'était déroulé dans sa tête, qu'elle avait été égarée par ses propres fantasmes. Et, pourtant, il lui était bien arrivé quelque chose d'anormal, quelque chose d'énorme. C'était comme si elle revenait d'un voyage à la frontière du réel et de l'irréel sans être passée de l'autre côté. Elle n'en était pas sûre.

Peut-être avait-elle réussi à franchir la ligne, à mettre ses pas dans un espace sidéral sidérant ?

Elle ne s'était pas sentie aussi légère depuis des décennies. Elle eut l'impression de se déplacer par bonds, par sauts, en flottant, comme si elle était passée d'un état de pesanteur à un état d'apesanteur. Elle avançait comme un cosmonaute, comme Glenn, comme Armstrong. Hélas, l'effet ne dura que le temps de le constater. Elle se retrouva vite à terre, aussi empotée, aussi épaisse qu'auparavant.

Penché sur elle, encore tout parsemé de paillettes de lune, Hima regardait sa grand-mère avec étonnement. Il ne la croyait pas aussi réceptive. Le gobage ne s'était pas réalisé de la meilleure façon, néanmoins il ne s'attendait pas à pareil résultat. D'ici peu, après quelques essais, elle serait fin prête pour une irradiation beaucoup plus harmonieuse. Là, il y avait eu un choc entre le karma et le samsara de Clara, un télescopage entre bonnes et mauvaises actions, un dérapage des procédures terrestres et des migrations célestes. Clara devrait apprendre à contrôler son karma pour atteindre la sérénité. On ne s'allonge pas impunément sous la lune tant que l'esprit et le ventre ne sont pas délivrés du poids de la vie. Le superflu des sentiments stocké en nous-mêmes pèse davantage que tous les océans réunis. Et l'attraction lunaire, qui provoque ailleurs l'amplitude des marées, produit alors des effets de vagues, des lourdeurs de lames de fond chez le gobeur non préparé. Tout d'abord cloué au sol, comme écrasé, le sujet est ensuite abandonné à lui-même. Soulagé, il éprouve une extraordinaire sensation de légèreté. Il a l'impression de planer à grandes enjambées. En réalité, le corps, les pas, les gestes n'ont pas bougé d'un pouce.

Le coup de lune, qui aurait dû retaper Clara, précipita la crise suivante. Cette fois, elle dura si longtemps que ma mère nous fut perdue pour toujours. Étrangement, je ne le ressentis pas comme une catastrophe. Peut-être était-ce mieux ainsi. Mieux pour elle. Mieux pour nous tous. Alzheimer ne la lâchait que quelques instants, pour la reprendre aussitôt. Alzheimer n'aimait pas davantage la médecine douce que la médecine dure. Il faut dire que le gobage de lune n'est pas une thérapeutique particulièrement innocente. Tout chaman qu'il est, Hima pèche parfois par excès de zèle. Ce qui marche avec moi ne va pas forcément pour Clara.

Mais le petit est moins fautif que le climat, moins coupable que l'altitude, moins blâmable que Clara elle-même. C'est qu'il n'est pas aisé de se glisser dans un mode de vie tout neuf en abandonnant ses habitudes de toujours. Pas facile de s'intégrer au sein d'une famille sherpa quand le rythme du temps est si différent. Encore moins facile certainement de découvrir qu'il y a une autre vie derrière celle que l'on a menée jusqu'à présent. Et j'étais mieux placé que personne pour comprendre ce que ma mère dégustait à l'intérieur d'elle-même. J'avais vécu semblable situation et plongé dans ce même inconnu en arrivant à Namché-Bazar. Encore que ma position était bien pire que la sienne dans la mesure où l'on m'avait collé sur le dos le corps et l'âme de mon frère Jean. J'avais dû prendre l'autre sur moi et lui donner tout de moi-même. J'ai décrit auparavant tout ce que j'avais enduré en perdant ma personnalité et en endossant celle de Jean. Certes, le cas de Clara était plus simple. Elle ne jouait pas double jeu, mais elle jouait quand même double fils. Tout ici lui rappelait Jean, à commencer par Hima. Tout ici désormais s'ordonnait autour de l'enfant de Jean. De cet enfant de Jean dont j'étais malgré tout – et même malgré moi – le père affectif et nourricier. Et Clara, qui m'avait malmené par le passé, et aussi, peut-on dire, tant malmené de ma naissance à l'âge d'homme, engageait un combat incessant contre le reproche. Inconsciemment, elle n'avait cessé de me mettre son remords sur les épaules, et de s'en décharger sur moi. C'était donc à moi de plier sous la charge, ou de ne pas plier. À moi de vivre courbé. Ou de vivre droit.

Durant plus d'une année, je m'étais cru débarrassé à jamais de ce complexe de la mère. Et même, j'ose écrire, débarrassé à jamais de ma mère. Son arrivée dans mon repaire himalayen m'avait fait l'effet d'un tremblement de terre. Et les piliers qui m'étayaient s'étaient écroulés. Oh, certes, ce n'était pas forcément les piliers de la sagesse. Plutôt des béquilles, mais elles m'avaient aidé à me tenir debout. Bien sûr son apparition en sublime reine fainéante m'avait épaté jusqu'à l'admiration. Bien sûr je m'étais alors découvert un réel amour pour celle qui osait venir ainsi me dénicher. Bien sûr j'avais provoqué sa curiosité en encourageant Hima à l'avertir que la tribu des Scheller s'était agrandie d'un petit Sherpa. Bien sûr mes sentiments s'étaient ébréchés quand j'avais compris qu'elle venait vers moi pour prendre possession du petit. Et de quelle façon ! Pas pour me l'ôter. Pas pour l'emmener. Mais, pire, pour se glisser entre nous deux et me déprécier à ses yeux. À la longue, j'avais réussi à me défaire de Jean et à me faire accepter tel que j'étais par Khami. Et puis voilà que Clara sapait insidieusement mon univers, jusqu'à considérer Khami comme la femme de mon frère et pas seulement comme la mère d'Hima.

Je m'étais réjoui quelque temps de ces liens si forts et si puérils qui unissaient la vieille dame et le jeune garçon. C'était un régal de l'esprit, un cadeau des dieux. Et puis, les jours passant, Clara, qui possédait encore toute sa tête, tout son allant, toute sa verdeur, avait cessé de me parler. Pas une question. Pas une réponse. Pas un regard. J'étais l'étranger dans la maison, l'importun, le gêneur. Plus même, j'étais le cliché glacé de Jean, son fantôme fantoche, si bien que le malaise avait fini par s'installer entre nous tous. Le malaise allait de l'un à l'autre sans toucher Clara, sans même l'effleurer. Pas de doute. Les dieux avaient repris leur cadeau.

Khami n'osait pas me demander ce que j'avais fait à ma mère pour qu'elle se conduise de la sorte. Comment aurais-je pu lui expliquer en quelques mots ce qui était d'ailleurs inexplicable. Il aurait été nécessaire de remonter très loin et très profondément à l'intérieur des étendues noires et des espaces intimes. Un Laurent Schwartz, que ma mère voyait décidément partout, comme un pôle fixe, aurait sans doute réussi à éclairer Khami sur ces opacités du subconscient qui ne laissent pas transparaître la moindre lueur mais où grouillent, comme des microbes, les cultures d'amertume et de désolation.

Il n'y avait qu'Hima pour prendre ma mère au dépourvu, et la forcer dans ses retranchements. C'est ainsi qu'un soir, de ma chambre aux cloisons si minces et si hypocrites, j'entendis la conversation qui mit le feu aux poudres. Hima connaissait trop bien la maison pour ne pas savoir que j'écoutais. Sans doute voulait-il me rendre service et m'éclairer sur la vraie nature de ma mère...

Tout commença par des propos anodins. Enfin, pas si anodins car Hima s'en prit aux Chinois de Tingri. Il raconta le massacre des grands chiens jaunes et déplora la passivité des cuisiniers tibétains qui avaient dépecé les guerriers kampas sans protester.

Quand Hima jugea sa grand-mère suffisamment captivée par le récit, il poursuivit en aménageant habilement le suspense. Mine de rien, il préparait Clara à poser sa question. Elle tarda un peu, mais y vint comme il le prévoyait :

– Mais qu'alliez-vous donc faire au Tibet ?

D'emblée, il la dérouta :

– Ce n'est pas ce que tu penses. On n'allait pas sur les traces de Jean. C'est même le contraire, on y allait pour se défaire de Jean.

Elle s'écria :

– Quelle drôle d'idée ! Mais on ne peut pas se défaire de Jean !

– Bien sûr que si ! Et, heureusement, sinon Khami n'aurait jamais pu aimer Alexandre.

– Bof ! Qu'est-ce que c'est que ces préjugés ? Tu

ne crois tout de même pas que Khami aime Alexandre !

La réponse partit du cœur :

– Oh si, elle l'aime !

La réplique arriva en direct de la mauvaise foi :

– Elle l'aime parce qu'il ressemble à Jean. Mais dedans, vois-tu, il n'y a pas grand-chose, c'est creux.

Hima, qui ne devait pas s'attendre à pareille attaque contre moi, parut ébranlé. Devait-il continuer alors que j'écoutais ? Il hésita un court instant et se lança :

– Tu n'as pas le droit de dire cela d'Alexandre ! C'est complètement faux. Il est plein de choses. Il est intelligent, il est sensible, il est vif, il est…

Hima ne trouvait pas ses mots. Il me faisait peine à entendre. Je ne l'avais encore jamais vu aussi désemparé. Il reprit enfin :

– Il est comme le lapin !

Sa phrase tombait à plat. Elle se mit à rire :

– Ça veut dire quoi, être comme le lapin ?

– Ça veut dire qu'il est écorché vif et qu'il a des blessures en lui.

Elle cessa de rire pour énoncer d'une voix dure :

– Mon pauvre chéri, si tu savais le nombre d'imbéciles qui se trimbalent avec des blessures d'enfance…

Hima prenait enfin la mesure de Clara. La chose n'avait pas tourné comme il le prévoyait. On était loin du jeu de mots, et tout près du jeu de la vérité. Il n'y excellait pas toujours. Il lança :

– Je te préviens, grand-mère, ou bien tu retires tout de suite ces mots de ta bouche ou bien, moi, je saurai te faire taire.

Elle s'énerva :

– Je ne retire rien, et personne ne me fera taire. Je sais ce que je dis. Alexandre est un très gentil garçon. Mais, par chance, tu n'es pas son fils.

Cette fois, Hima cria :

– Eh bien, tant pis pour toi, tu l'auras voulu.

Le lendemain matin, ma mère ne reconnaissait plus personne. Elle était là, comme une image sainte, à sourire et à nous demander si nous venions de Paris, si nous avions rencontré Laurent Schwartz ou Paul Manceaux. Elle s'inquiétait de savoir pourquoi on lui avait coupé le téléphone et l'électricité. Pourquoi la concierge était partie en vacances en nous laissant ses enfants à la maison.

Ma mère ne se reconnaissait même plus elle-même. Malgré tout, elle campait encore assez bien son environnement d'autrefois. Il lui arrivait de me prendre pour le fromager de la rue de Longchamp et de m'engueuler parce que je n'étais pas achalandé en petits-suisses Gervais.

Au fil des réminiscences, au gré des flashs, j'étais tour à tour crémier, boulanger, pharmacien, caissière de supermarché ou bien client, amateur d'art, collectionneur de Haute Époque.

Elle voyait tout le monde en moi, sauf moi-même. Et Jean n'était pas épargné. Nous n'existions plus en tant que fils, en tant que proches. Seules ma silhouette, ma présence évoquaient parfois, et avec insistance, d'autres silhouettes, d'autres présences. Bien entendu, j'étais le plus souvent Laurent Schwartz, parce que Schwartz, qui l'avait si longtemps soignée, habitait sa raison et sa déraison. Tour à tour diable ou bon génie, le psy était en elle et triturait sa mémoire maintes fois rafistolée.

Comme ma mère ne semblait plus pouvoir guérir et que toute la maisonnée ne s'en portait pas plus mal, nous nous contentions de l'entretenir au mieux dans son état. De toute évidence, elle ne souffrait pas, ou du moins elle ne souffrait plus. Elle était même plutôt rieuse. Drôle, mais pas blagueuse. À tous, elle demandait :

– Vous venez de Paris ? Et comment ça va là-bas ? Avez-vous vu Laurent ? Et que vous a-t-il dit ?

Par respect, tous répondaient : « Oui, je reviens de Paris, et ça va très bien là-bas. J'ai vu Laurent et il m'a dit de vous embrasser ! »

Et chacun d'embrasser Clara après avoir récité la formule apprise par cœur. La sonorité de la phrase plaisait autant que la vieille dame, si bien qu'il y avait de plus en plus de monde à la maison. Voisins et habitants des lointaines vallées, gosses et adultes, paysans et pèlerins, marchands tibétains et lamas volants, tous se détournaient de leur chemin pour venir saluer Clara de cette litanie franco-sherpa. Elle sonnait sur les lèvres gercées aussi harmonieusement que les *« Mani padme hum »* qui s'envolaient des moulins à prières.

À coup sûr, les dieux protégeaient Clara. Ils avaient fait de notre modeste demeure une zone miraculeuse, à croire qu'ils voyaient en ma mère l'enveloppe charnelle de quelque esprit de première importance. Je ne pourrais dire au juste quand et comment tout commença à virer au divin, ni si ma mère y était pour quelque chose, mais en rien de temps elle vit son aura atteindre des sommets.

Innocente et pleine de candeur, elle devint la femme la plus adulée, pour ne pas dire la plus adorée du pays sherpa. Je dois avouer qu'Hima contribua largement à la propagation des embrassades et qu'il s'attacha à faire de sa grand-mère une idole qui n'avait certes pas sa place dans le panthéon bouddhiste, mais qui, chaque jour, prenait un peu plus d'importance dans l'esprit de chacun. Sans prétendre que Clara, à l'image de la Kumari, fut considérée d'emblée comme une déesse vivante, il me faut cependant préciser qu'elle brûla les étapes qui mènent à la vénération aussi rapidement que se consument les cierges en beurre de yak qui éclairaient le petit boudoir où elle se tenait.

En effet, la plupart du temps, tout comme la Kumari, elle s'installait derrière la fenêtre de sa chambre où elle recevait hommages et baisers. Quelquefois, elle descendait et demandait à la foule si elle venait de Paris. Et la foule en cœur reprenait : « Oui, je reviens de Paris, et ça va très bien là-bas. Oui, j'ai vu Laurent, et il m'a dit de vous embrasser. » C'était quasiment liturgique, cérémonieux. Et comme ces sortes de pèlerins ne parvenaient pas tous à atteindre les joues, ils se reportaient sur les mains, les genoux et les pieds.

On le voit, ce petit sorcier d'Hima faisait une sainte de sa méchante grand-mère. Il lui construisait une légende et prenait un malin plaisir à défier le clergé local.

Ang Chumbi, ou celui qui était dans la peau d'Ang, on ne savait jamais auquel nous parlions, pestait comme Mahakala, le démon noir, contre ce fils de l'Himalaya qui se permettait d'inventer des idoles. Ang nous menaçait : ou bien nous cessions la pratique de ces rituels païens, ou bien il avertirait les autorités religieuses supérieures qu'il se passait des choses pas très bouddhistes à Namché-Bazar.

Hima ne se démontait pas. Il affirmait sérieusement que sa grand-mère avait perdu sa mémoire propre pour s'approprier la mémoire du monde. Dès lors, elle avait oublié jusqu'à son nom, jusqu'à sa présence sur terre, car elle était faite de tous les autres, de tous les noms, de toutes les familles, de toutes les présences cachées, comme de toutes les présences réelles. Clara était donc dépositaire de la mémoire des hommes, comme de la mémoire des dieux.

Et pour ceux, comme Ang Chumbi, qui doutaient ou réfutaient l'argumentation, Hima renchérissait. Il démontrait que Clara, tel le Bodhisattva, avait renoncé au nirvana et à l'éveil du quotidien pour se consacrer entièrement à l'éveil du suprême et aider le commun des mortels à sortir du samsara. À elle seule, Clara représentait les huit Bodhisattvas. À elle seule, elle était comme les cinq Dhyami-bouddhas associés aux cinq directions de l'espace. Elle était comme Vairocana, le bouddha du centre, Akshobhia, le bouddha de l'est, Ratnasambhava, le bouddha du sud, Amoghasiddhi, le bouddha du nord et Amitabha, celui de l'ouest.

Hima perdait le sens de la mesure. Il en rajoutait pour impressionner Ang Chumbi. Et Ang, qui n'était pas un saint, et qui avait même été un sacré filou à un tournant de sa vie, se doutait bien qu'Hima le bernait.

Cette histoire des cinq Dhyami-bouddhas associés aux cinq directions de l'espace ne tenait guère. En fait de direction, ma mère avait bel et bien perdu le nord. Malgré tout, je me disais qu'Hima touchait peut-être quelques vérités du doigt. En revanche, il me paraissait difficile à admettre que ma mère fût autre chose que ma mère. Était-elle le lien entre la mystique judéo-chrétienne et la mystique bouddhiste malgré elle ? Ma mère ne subissait que l'influence d'Alzheimer. C'est lui et lui seul qui pompait sa mémoire. Lui et lui seul qui l'engloutissait au fond de la maladie qui porte son nom.

Ang Chumbi s'interrogeait sérieusement. Il demanda à voir Clara qui l'apostropha aussitôt :

– Vous venez de Paris ? Et comment ça va là-bas ? Avez-vous vu Laurent, et que vous a-t-il dit ?

On ne la faisait pas à Ang Chumbi. Il avait été marié à une Française. Il connaissait Paris et Chamonix. C'était suffisant pour refuser de se plier aux rituels. La formule et le baiser passèrent à l'as.

Tandis que les femmes de la maison servaient le chang et les gâteaux, Ang s'assit en face de ma mère et demanda :

– On dit que vous possédez toute la mémoire des dieux. Eh bien, je vais vous poser quelques questions concernant notre religion : à quelle époque a eu lieu le premier concile bouddhiste ?

Hima intervint :

– Tu te trompes, Ang. Il ne s'agit pas de cette mémoire-là. Ma grand-mère ne se prête pas à ce genre de jeu idiot.

– N'essaie pas de l'influencer, et laisse-la me répondre.

Hima rétorqua :

– Mais elle te répond. Elle te dit : « Le premier concile a eu lieu au Vᵉ siècle d'avant son Dieu et il s'est tenu à Rajagriha. »

Ang tapa du pied :

– Ce n'est pas toi que j'interroge ! Alors, fais un nœud à ta langue.

– Allons, Ang, essaie plutôt de comprendre ! Tu vois bien qu'elle te répond par mon intermédiaire.

Comme l'autre ne marchait pas dans son système, il ajouta :

– C'est la vérité. Sa connaissance, sa voix transitent par moi-même.

Ang observa gravement ma mère et demanda :

– Alors, madame Scheller, que s'est-il passé en l'an 750 d'avant votre Dieu ?

Clara Scheller afficha un magnifique sourire et déclara :

– Vous venez de Paris ? Et comment ça va là-bas ? Avez-vous vu Laurent ? Et que vous a-t-il dit ?

Le pauvre Ang Chumbi ne savait plus à quel saint se vouer. Il grogna :

– J'ai vu la tour Eiffel et le tombeau de Napoléon.

J'ai visité le Vieux Campeur et le palais de l'Élysée. Tout va très bien, il n'y a aucun problème.

Clara modifiant quelque peu son discours, demanda :

– Et vous n'avez pas vu Laurent ?

– Non, je n'ai pas vu Laurent. Et vous ne m'avez toujours pas dit ce qui s'est passé de très important en l'an 750 ?

– Ce serait plus simple si tu t'adressais directement à moi, l'interrompit Hima, car vois-tu, elle m'a déjà transmis la réponse. En 750, Padmasambhava révéla la doctrine tantrique au clergé tibétain.

Ang Chumbi avala d'un trait son bol de chang. Il savait Hima très au courant des choses de la religion, mais ne le croyait tout de même pas aussi érudit. Après tout, cette vieille femme toute molle et toute blanche, comme il y en a tant en France, détenait peut-être des pouvoirs surnaturels ? Il avait déjà rencontré des personnages falots – et même idiots – capables de se transfigurer du jour au lendemain. On disait qu'ils avaient hérité, par hasard, d'une réincarnation de très haute qualité, en mal d'enveloppe charnelle. Un peu comme ce promeneur qui suit tranquillement son chemin à l'écart des combats et s'écroule soudain, touché par une balle perdue. Ang avait peut-être lui-même hérité d'une de ces réincarnations tourbillonnantes. Elles se baladent à travers le monde bouddhiste et, faute de trouver la bonne membrane, fondent tout à coup sur un innocent comme l'aigle sur sa proie pour l'investir tout entier et se couler en elle. Il n'était donc pas impossible que cette vieille femme ait été choisie par une réincarnation aussi fantaisiste que savante. Pas impossible que, sous le choc, elle ait perdu sa mémoire propre pour englober la mémoire du monde. Ang connaissait des cas similaires. Il avait été ermite, et savait que l'on peut emmagasiner en soi une sorte de connaissance astronomique sans pour autant la délivrer à autrui.

La parole n'est qu'un moyen de transmission vulgaire. Il existe des modes de communication beaucoup plus subtils. Après tout, peut-être assistait-il ici, dans la maison de Khami, à un phénomène de transfert transcendantal ?

À son quatrième bol de chang, le lama Chumbi, dont nul n'était certain qu'il fût vraiment lama, ni même Chumbi, attaqua les grandes questions. Là, il était sûr qu'Hima allait sécher.

Et si d'aventure il apportait la solution, alors il lui tirerait son bonnet jaune bien bas.

Il commença par gratifier Clara d'un sourire respectueux. Puis, il demanda très paisiblement, ce qui n'empêchait pas les arrière-pensées :

– Voyons, madame Scheller, puisque tant de divinités habitent et cohabitent en vous, puisque vous êtes, à en croire la légende qui court le pays, si proche de l'Être Suprême et si intime avec les arhats, me donneriez-vous leur nombre et leur nom ?

Comme Clara s'apprêtait une fois de plus à lui demander s'il était de Paris et s'il avait rencontré Laurent Schwartz, Hima s'approcha de sa grand-mère et lui mit la main sur la bouche. D'ordinaire, on mettait plutôt la bouche sur sa main, aussi faillit-elle basculer en avant. Khami se précipita aussitôt pour la retenir. Et ma mère, bizarrement, la remercia. Cet incident mineur aurait dû passer inaperçu, mais je l'interprétai défavorablement. Je redoutais que Clara ne soit sur le chemin de la guérison, ou du moins sur le chemin d'une amélioration. Ce « Merci Khami » ne m'arrangeait guère, et j'implorai Hima des yeux : il devait faire le nécessaire pour prolonger l'état divin de celle qui, une fois rétablie, ne manquerait pas de bousculer notre bel équilibre. Inutile de dire que toute la maisonnée préférait voir Clara en déesse vivante plutôt qu'en vieille femme abusive. Pour l'heure, Hima avait à traiter simultanément une double tâche : renvoyer sa grand-mère au royaume du sacré et répondre, pour elle, à la question du lama Chumbi.

Je faisais confiance à Hima. À onze ans, il avait un ascendant sur les choses et les gens, une puissance divinatoire incomparable, que venaient parfaire de réels pouvoirs magiques. Il était branché en permanence sur le surnaturel, mais il n'en abusait pas. En dehors des moments comme celui-ci, où il demandait aux ancêtres de le guider sur la bonne voie, il était comme les autres, avec des gestes et des rires de gamin. Avec des plaisanteries et des réflexions à ma portée. Certes, Hima accédait à des niveaux supérieurs quand il parlait avec les morts, ou qu'il lévitait en compagnie des esprits, mais cela ne l'empêchait pas d'avoir les pieds sur terre et de s'y amuser comme n'importe quel enfant de son âge.

Ang Chumbi, qui avait vu naître Hima, savait parfaitement de quoi il était capable et il s'en méfiait. À son cinquième bol de chang, il répéta la question en regardant Clara droit dans les yeux :

– Alors, madame Scheller, donnez-moi le nombre et le nom des arhats.

Clara, qui était repartie dans son royaume des mémoires lointaines, demanda d'une voix angélique :

– Vous venez de Paris ? Et comment ça va là-bas ?

Elle n'eut pas le temps d'en dire plus. Hima lui vola sa voix et la devança :

– Il y a seize arhats, seize grands sages, seize disciples de Shakyamunis, et leurs noms sont les suivants : Angaja, qui manie l'éventail et le brûle-parfum ; Ajita, qui vit au milieu des glaciers ; Bakula, qui est de grande lignée spirituelle ; Kalikka, qui prêche auprès des enfants en agitant une paire de boucles d'oreilles ; Badra, qui habite à l'ouest et tient dans ses mains le livre et la sébile ; Rahula, qui est le fils de Shakyamunis ; Panthaka, qui séjourne dans le trente-troisième ciel ; Vajriputa, qui prêche au pays des lions et des tigres…

Ang Chumbi, dont on ne savait s'il était véritablement celui qui avait présidé à la naissance d'Hima ou bien sa réincarnation, l'interrompit d'un geste. Manifestement, Ang ne se sentait pas bien. Pour tout le monde, il subissait l'effet du chang. Pour lui-même, il savait d'où venait son mal. L'alcool n'était pas le coupable.

Il se sentait vidé, comme si on avait aspiré ses forces. C'était sûrement un coup du petit.

Hima prétendait traduire et restituer le savoir millénaire de la vieille femme. En vérité, c'était beaucoup plus simple parce que Hima captait ses messages à la source. Il lisait à livre ouvert dans le cerveau de Chumbi et tournait la matière grise comme on feuillette les pages d'un traité tantrique. Tout apparaissait alors clairement défini. Il ne restait plus qu'à puiser les réponses dans la boîte crânienne et à cogner un peu contre les tempes pour procurer une bonne migraine à son propriétaire.

Nous restâmes un bon mois sans nouvelles d'Ang Chumbi. Personne ne savait au juste où il était passé ni même s'il reviendrait un jour. Ses assesseurs, les moinillons, ne s'en préoccupaient guère. Le temple tournait malgré tout au rythme des moulins à prières. Il y avait toujours une main pour les actionner et toujours des lèvres pour souffler dans les conques et les dungchens, ces longues trompes aux sonorités sévères.

J'ai dit que le temple tournait au rythme des moulins à prières, mais il me faut préciser que le rythme ne ressemblait à rien de ce qu'il était habituellement.

En effet, de nombreux fidèles préféraient venir baiser les joues de Clara plutôt que d'imprimer de mécaniques rotations à ces instruments, quand bien même ils apaiseraient les souffrances, amadoueraient les démons et calmeraient les tempêtes.

Avec Clara, non seulement on récitait la plus classique des mantras, à savoir « Salut au joyau dans le lotus », mais encore prononçait-on notre mantra maison avec autant de ferveur. Certes, le fameux « Vous venez de Paris, et comment ça va là-bas ? » n'avait pas encore tinté aux oreilles du Dalaï-Lama. Pourtant, Sa Sainteté Tenzin Gyatso, en exil à Dharamsala, n'allait pas tarder à en recevoir l'écho, par la bouche même d'Ang Chumbi, qui devait rendre l'âme sitôt arrivé là-bas. Il en est souvent ainsi des rapporteurs comme des éclaireurs. Leur voyage est si pénible et les privations si terribles qu'ils expirent en délivrant leur message ou leur renseignement.

Nous ne savions rien bien sûr de la fin d'Ang Chumbi, pas plus que nous n'en savions sur sa naissance et ses renaissances successives. Pour nous, la vie s'écoulait entre travaux pratiques et travaux des champs, entre amour filial et amour conjugal, entre ce que l'existence possède de plus banal et de plus excitant. Entre le labeur de chaque jour et le délassement de chaque nuit. Entre la majesté des paysages et les émerveillements que nous procurait Hima.

Il me faut ajouter que, entre ma mère et moi, régnait la plus exquise des plénitudes. Si chaque être humain est un chef-d'œuvre de mécanique et de chair lorsqu'il est en possession de toute sa raison, tous ses attributs et tous ses membres, ma mère, qui était encore, il y a peu, un chef-d'œuvre en péril, se présentait maintenant comme un chef-d'œuvre de reconstruction. Hima la conservait ainsi dans un état de neutralité bienveillante, en lui épargnant tous les maux que dispensait à profusion son infirmité. Hima faisait bien mieux qu'Alzheimer, bien mieux que tous les professeurs de médecine réunis. Il entretenait la malade inguérissable dans une douce illusion de bonheur. Bien mieux, car ma mère, qui avait de son plein gré échappé à l'asile de vieillards en décidant de préférer le pays sherpa au pays des suppliciés et des handicapés mentaux, s'était dotée d'un destin exceptionnel. Plutôt que de devenir grabataire, elle se propulsait dans la légende, elle entrait dans la mythologie et s'installait, de jour en jour, dans le territoire des dieux. Ah ! il fallait voir comme elle rayonnait lorsque nous la sortions dans sa chaise à porteurs.

Dès que nous avions quelques loisirs, quand les champs nous laissaient un peu de répit, quand la houe et la bêche, la fourche et le râteau, la herse et la hache se reposaient de nos mains calleuses, alors nous nous attelions aux brancards, et nous marchions sur Namché, sur Khumjung, sur Khunde, sur Thamé ou sur Pangboche. Pas un village où nous n'allions promener Clara, tant elle aimait être acclamée et embrassée.

Et tout allait, tout coulait et s'écoulait. Tout se faisait et s'ordonnait. Tout vivait de nous et à travers nous, de la plus simple et de la plus honnête des façons, quand nous reçûmes une lettre de Dharamsala. Elle émanait du gouvernement tibétain en exil, dont on distinguait le sigle sur l'enveloppe.

La nouvelle fit le tour de Namché, si bien que le facteur arriva accompagné d'une formation de curieux et d'admirateurs. Tous étaient suspendus à mon regard comme à ma surprise, car la lettre m'était adressée. Dois-je dire que je tremblais en la décachetant, et que mon étonnement fut à la mesure de mes battements de cœur ? Un instant, je crus à une missive d'Ang Chumbi, dont on ne savait plus rien. Certes, il était question d'Ang dans la lettre, qui m'apprenait sa mort, mais celui qui m'écrivait et que j'avais connu dans mon enfance se rappelait à mon souvenir avec un « Très cher Alexandre ». Il s'agissait de Marcel, le cousin du philosophe Paul Manceaux que je pensais moine au Tibet. En réalité, Marcel, qui avait pris le nom de Songsten en entrant dans les ordres, vivait non pas au Tibet comme on le croyait, mais à Dharamsala, dans l'État de l'Himachal Pradesh.

Proche des hautes autorités religieuses, on l'avait chargé, malgré son grand âge, d'enquêter sur cette affaire de schisme qui secouait le pays sherpa. En réalité, le bureau du Dalaï-Lama avait été averti du désordre par le lama Chumbi, lequel n'était peut-être ni véritablement Chumbi, ni même lama. Le flou persistait à son sujet. Là-bas, en Inde, on ne chercha pas à en apprendre davantage sur ce Chumbi qui arrivait de « Namché le bled ». On cherchait seulement à en connaître un peu plus sur ce schisme qui menaçait l'orthodoxie bouddhiste. Et les choses s'étaient recoupées d'elles-mêmes pour s'emboîter finalement dans une logique simplissime.

Chumbi n'était pas encore arrivé à Dharamsala quand Songsten avait reçu un courrier de son cousin le philosophe Paul Manceaux, lequel achevait un essai sur la mémoire du siècle.

Manceaux s'inquiétait de Clara. Il demandait à Songsten de se renseigner sur sa santé et sa situation familiale. En bref, Paul Manceaux brossait un portrait assez ressemblant de cette famille sherpa qu'il ne connaissait que de réputation, mais qui lui avait paru si vivante sous la plume d'Hima.

Cette requête de Paul Manceaux adressée à Songsten donnait à penser que la philosophie ne fait pas bon ménage avec la géographie. Il y a au moins mille cinq cents kilomètres entre Dharamsala et Namché-Bazar. Et le pauvre moine, ami du Dalaï-Lama, ne se voyait pas effectuer pareil périple juste pour les beaux yeux de son cousin.

Et Songsten en était là, à se remémorer Clara Scheller et ses deux garçons, qu'il avait croisés quinze années plus tôt, lors de son dernier voyage à Paris, quand l'un des secrétaires de Tenzin Gyatso l'avait mandé pour lui faire part d'une embrouille franco-népalaise à Namché-Bazar.

C'est Songsten qui était chargé des affaires françaises au Bureau du Tibet. Lui encore qui accueillait des personnalités en provenance de Paris. Lui toujours qui dissuadait les routards d'aller planquer devant la résidence de Sa Sainteté pour attraper quelques photos volées. Tout ce qui relevait de la France et des Français passait obligatoirement par Songsten, qui n'avait pas oublié sa langue maternelle, ni même son accent marseillais. On devine la stupéfaction du lama Songsten, pourtant rompu aux choses de la sérénité et de la méditation, quand cet Ang Chumbi était venu lui révéler le nom et la qualité des fauteurs de troubles. Bien sûr, les lamas ne sont pas hostiles au hasard, et ils s'y entendent à merveille pour en tirer le meilleur parti. Cette fois, tout de même, le hasard frappait très fort. Si fort que ce pauvre Ang Chumbi, dont on ne savait s'il était lui-même ou bien un autre, fut victime d'une attaque cardiaque qui l'entraîna aussitôt vers une toute prochaine réincarnation.

Dans sa lettre, qui se voulait nuancée, Songsten s'étonnait du reproche qui nous était fait. Il ne croyait pas possible que nous prônions un dogme non conforme à l'orthodoxie lamaïste tantriste. De même, il nous croyait incapables de mystification et d'hérésie, comme de toute manipulation surnaturelle ou diableries de sorcier, observées, semblait-il, par le clergé local. Cependant, et bien que toute cette affaire fût, selon lui, la faute d'un enchevêtrement de mauvaises interprétations, il nous invitait à mettre un frein à nos pratiques, et à désenvoûter ma mère que nous tenions apparemment en état de transe. On sentait la fermeté sous la politesse des termes. Nous sentions aussi combien les rimpochés de Dharamsala semblaient intéressés par Hima, auquel ils reconnaissaient, sans l'avouer vraiment, une perception aiguë des choses du visible et de l'invisible. Enfin, pour conclure, Songsten, au nom des autorités supérieures, nous conviait à venir nous entretenir de ces faits avec Sa Sainteté le Dalaï-Lama.

Il s'agissait d'un coup de semonce, mais c'était aussi une victoire. Le Dalaï-Lama était enfin à la portée d'Hima.

Je ne me souvenais pas très bien du visage de Songsten. En revanche, sa silhouette de moine bouddhiste, son drapé couleur bordeaux, son crâne rasé, ses sandales de caoutchouc avaient vivement impressionné l'adolescent que j'avais été. Et voici que quinze années plus tard, le lama Songsten correspondait avec moi par chaîne himalayenne interposée. Nous étions chacun à un bout de cette chaîne, à la fois très loin et tout près, dans le même monde bouddhiste, monde lui-même cerné par l'islam et l'hindouisme. Et je me disais que la planète était décidément toute petite pour qu'il y ait eu ainsi une telle rencontre entre le cousin germain d'un philosophe et le fils de son ancienne maîtresse.

Hima n'était pas de mon avis. Pour lui, cette rencontre écrite dans nos destinées se révélait riche de conséquences. Hima, comme tous les Sherpas, intégrait le hasard dans la normalité de l'existence, si bien que les choses dues au hasard n'étaient autres que les choses mêmes de la vie. La lettre de Songsten ne le prenait donc pas au dépourvu. Sans dire qu'il s'y attendait, on peut avancer, cependant, que la lettre de Songsten s'inscrivait dans la logique du hasard. Pour lui, comme pour Balzac, qu'il n'avait pas encore lu, le hasard est le plus grand romancier du monde. Il apporte à chacun la part d'imprévu et de rêve auxquels nous aspirons tous dans notre vie de tous les jours.

La lettre de Songsten avait survolté Hima. Ah, le Dalaï-Lama désirait le rencontrer, eh bien, il allait voir de quelle bouse de yak il se chauffait ! Oui, il allait lui dire entre quatre yeux ce qu'il avait sur le cœur à propos du Tibet. Lui dire comment il fallait en finir avec l'occupation chinoise. Lui dire que les photos de Sa Sainteté, que l'on se refile de main à main sous la chuba et dans les chaumières, ne sont qu'un ingrédient du bonheur, mais ne suffisent pas à faire le bonheur du peuple.

Je dus refréner les ardeurs d'Hima qui me poussait à partir sur-le-champ. Cela ne lui ressemblait guère. Jusqu'alors, en dépit de son jeune âge, il n'avait montré que patience et sagesse, ce qui n'excluait pas le fantasque, ni même le fantastique, pour lequel il était éminemment doué.

Avertis de la nouvelle, bien des villageois, y compris les moines du temple, en deuil de leur supérieur, nous incitaient, eux aussi, à ne pas manquer le rendez-vous du Dalaï-Lama. Ils étaient fiers que l'on ait entendu parler de Namché jusqu'à Dharamsala où siégeait le gouvernement tibétain en exil. Si fiers et si profondément touchés qu'ils s'apprêtaient à abandonner familles et troupeaux pour nous accompagner. Nous dûmes batailler ferme pour leur faire comprendre qu'il s'agissait d'une audience privée, et non pas d'un meeting ou d'un pèlerinage. Je ne me voyais pas en effet débarquer à Dharamsala à la tête d'une horde de Sherpas illuminés. Mon souci était ailleurs et concernait Clara. Devait-on l'emmener avec nous, ou la laisser à la garde de Khami ? Mais comment la faire voyager ? Et survivrait-elle à pareille équipée ? Loin d'Hima, Clara subirait-elle encore sa bénéfique influence ? Ne risquait-elle pas d'aller de lueurs en ténèbres, et de chutes en rechutes ? Khami et ses sœurs sauraient-elles la maintenir dans un état de relatif équilibre, et contenir ses débordements ? Autant de questions auxquelles nous nous efforcions d'apporter les meilleures réponses possibles. Et, bien sûr, questions et réponses n'en finissaient pas de nous occuper l'esprit. Pouvait-on se permettre d'entraîner ma mère dans une marche forcée avec tout ce que cela implique d'imprévus et d'aventures ? Ne serait-ce pas mieux de prendre l'hélicoptère et de filer d'une traite de Namché à Kathmandu ? Naturellement, prendre l'hélico en pays sherpa relève du sacrilège. L'hélico, c'est pour les étrangers et les expéditionnaires. Et puis, à sept cents dollars l'aller, quel Sherpa pourrait se payer le voyage ? C'était une somme que les gens de Namché n'imaginaient même pas. Et à ce paquet de roupies venait s'ajouter le prix des billets d'avion Kathmandu-Delhi et Delhi-Amritsar. C'était un cauchemar de Sherpa, un rêve de nabab. Il n'y avait que Clara pour nous sortir de là. Elle m'avait confié sa fortune et se fichait éperdument de la conserver ou de la dépenser. Non, le problème, ce n'était pas l'argent de ma mère, mais ma mère elle-même. Nous avions donc le choix : ou bien opter pour ce voyage express à une altitude qui se moque des dénivellations et des économies de Clara. Ou bien nous élancer dignement sur les sentiers de la liberté comme n'importe quel pèlerin ou réfugié tibétain. Nous en avions au bas mot pour trente-cinq jours de marche avec ma mère à bout de brancard, et les porteurs à bout de forces.

En définitive, Hima trancha :

– On ne doit pas laisser grand-mère à la maison. Et il ne serait pas juste non plus d'y laisser Khami. Nous allons partir tous les quatre, et de la façon la plus rapide. Tant pis pour le sacrilège. Tant pis pour le manque de noblesse, et tant mieux pour nous tous...

Ma réaction me surprit, à croire que les mots avaient jailli malgré moi :

– Mais c'est beaucoup trop cher, on ne peut pas débourser une somme pareille !

Il me regarda de son air bouddha boudeur, qui seyait si bien à Siddhartha Gautama dans les rares représentations que l'on tient de lui, enfant, et dit :

– Si tu ne te sers pas de ton argent, c'est l'argent qui se servira de toi et te façonnera à son image.

Il ajouta sérieusement :

– Je ne veux pas d'un père maltraité par l'argent.

Curieusement, je me défendis, comme pris en faute :

– Je ne disais pas cela pour moi, mais pour Clara. C'est son argent, pas le mien.

– Chez nous, l'argent n'a pas de maître. Il court librement, comme un chien errant. Celui qui possède quelques roupies est maître de son bien et l'échange aussitôt contre d'autres biens. L'argent nous sert à manger, pas à rêver. Il est rarement utilisé pour les choses de l'esprit. Bien sûr, on fait des offrandes aux divinités. Là, c'est un prêté pour un rendu. On essaie d'acheter les bonnes grâces d'un Dieu qui se montrera généreux et clément.

Khami intervint à son tour :

– Hima a raison. Clara possède de l'argent mort, et nous n'en voulons pas sous cette forme.

Elle me surprenait. Je demandai :

– Tu le préfères vivant ?

– Oh, bien sûr, vif et sauvage comme un lièvre qui détale !

– Et comment ressuscites-tu un argent mort en lièvre qui détale ?

M'adressant un magnifique sourire, elle répondit :

– En m'achetant des bijoux, des parures.

J'aimais la spontanéité de Khami. Sa réponse lui ressemblait.

Elle était claire, toute de fraîcheur. Je fis semblant de ne pas comprendre :

– Vraiment, tu serais prête à t'acheter des bijoux avec l'argent de ma mère ?

Elle hésita un instant avant de reprendre :

– Ce n'est pas ce que j'ai voulu dire. Mais partir tous les quatre à Dharamsala par le ciel pour y rencontrer le Dalaï-Lama, c'est pour moi la plus belle des parures, que seul un argent mort peut offrir à l'esprit.

Hima, qui suivait notre aparté d'un œil malicieux, m'apostropha :

– Tu saisis la nuance, n'est-ce pas ?

Je n'avais pas vraiment saisi. N'empêche, cette histoire d'argent mort et d'argent vivant me plaisait bien. J'en déduisis que les magots cachés sous la couette ne sont pas de mise en pays sherpa. Si d'aventure on en découvre un, il est aussitôt dilapidé en choses de fêtes et de plaisirs. Pour m'en assurer, je demandai :

– Si l'argent mort vous semble honteux et qu'il est si gênant dans une maison, pourquoi ne m'en avez-vous pas parlé avant ? Nous aurions pu le rendre vivant et le faire détaler comme des lièvres à travers tout le pays.

Hima jeta un coup d'œil à sa mère et la laissa répondre :

– L'argent mort ne nous gêne pas du tout. Il est là, dans le grand coffre, au milieu de tes affaires. On ne sait même pas à quoi il correspond, ni combien de lièvres il représente.

– Il faudrait connaître le prix du lièvre, répondis-je, et, comme personne ici ne le chasse et ne le mange, il n'a aucune valeur marchande !

Hima s'exclama :

– Oh si, il a la valeur de la vie !

– D'accord, mais quelle est la valeur de la vie d'un lièvre ?

– La même valeur que la vie d'un homme, quelque chose d'inestimable, unique et miraculeux.

Nous avions disserté assez longuement sur la valeur de la vie du lièvre, et même de ses multiples évaluations, compte tenu des réincarnations qui habitent la fourrure de l'animal et lui prêtent vie. Pour finir, nous sommes allés voir dans mon coffre combien de lièvres s'y pressaient. Nous avons feuilleté les liasses de billets, trié les francs et les dollars. Cela faisait un sacré troupeau de mâles, de hases et de levrauts. Et comme Khami attendait le résultat pour savoir combien de parures immatérielles nous pouvions lui offrir, je dis :

– Eh bien voilà, tout cet argent mort représente vingt passages de ciel.

Elle laissa fuser un soupir admiratif et reprit ma phrase :

– Vingt passages de ciel ?

Hima, qui frayait déjà beaucoup avec le céleste, fit redescendre sa mère sur terre. Il lui expliqua :

– Cela veut dire que tu pourrais aller vingt fois de Namché-Bazar à Dharamsala.

– Vingt fois en avion ?

– Oui, vingt fois en avion. Ou bien alors, mille fois à pied et en train.

Émerveillée, elle répéta :

– Mille fois à pied et en train ? C'est incroyable !

Pour conclure, je dis :

– En vérité, vous ne devriez pas appeler cela de l'argent mort, mais de l'argent qui dort.

Hima me récompensa :

– Tu as raison. C'était de l'argent qui dormait, et nous l'avons réveillé.

Je ne pus m'empêcher d'ajouter :

– Un jour, je vous raconterai comment Clara l'a gagné. Vous verrez, c'est une belle histoire. Je vous décrirai le salon des antiquaires et les chefs-d'œuvre qui ont transité dans ses vitrines.

À l'impromptu, je demandai à Hima :

– As-tu déjà entendu parler de la Haute Époque ?

D'emblée, il répondit :

– Oh oui, la Haute Époque, c'est tout en haut de l'Everest.

Ça, c'était le meilleur côté d'Hima. Sa face d'enfant était souvent plus surprenante que sa surface d'adulte.

CHAPITRE V

Dharam, Dharam
Dharamsala
C'est le village des Tibétains
Dans les nuages du ciel indien
Un monde qui ressemble à Lhassa
Le songe inspiré d'un lama
Une nostalgie d'Himalaya
Une rêverie de diaspora
Une autre idée du Potala
L'image voilée de l'au-delà
Dharam, Dharam
Dharamsala...

Partis le matin de Namché, nous nous sommes retrouvés une heure plus tard à Kathmandu. Une seule heure de vol équivalait à huit jours d'un crapahutage infernal. Au lieu de grimper et descendre les collines une à une, comme autant de tours Eiffel posées en travers du chemin, on les avalait en douceur d'un coup de rotor. Hima s'en offusquait. C'était injuste, indigne d'un Sherpa. D'en haut, tout paraissait plat, uniforme, sans saveur. Mais où était donc passée la bonne odeur de terre ? La senteur des champs d'orge ? Le goût âcre des rizières ? Non, Hima n'appréciait pas. À cette altitude, le ciel est plat, fade et sans haleine. Pas le moindre parfum de mystère. Plus haut dans la stratosphère, on dit qu'il draine les relents de la planète, qu'il se nourrit de nos poisons. Plus haut enfin, il y a l'espace des dieux, un territoire réservé où se côtoient les grands prophètes dans un bouquet d'encens et d'eau bénite.

L'ennui, avec l'hélicoptère, c'est qu'il n'est ni à hauteur d'homme, ni à hauteur de dieu. Il avance à vue, dans une sorte de corridor autorisé, où les grands vautours, venus à tire-d'aile du Tibet si proche, ont laissé les reliefs de leurs repas de morts.

Hima se détourna du paysage pour s'intéresser à sa grand-mère. Bien que transportée ainsi au-dessus des abîmes, elle paraissait indifférente au vide. Il se félicita d'avoir doublé la dose de cette potion ultramagique dont il me cachait la formule. Nous disposions d'ailleurs, à portée de main, d'un large éventail de plantes et de sirops susceptibles de maintenir Clara dans un état d'hébétude qui touchait à l'extase.

Savamment droguée, pour ne pas dire amoureusement, ma mère ne risquait pas la moindre rechute. Elle était passée au-delà de toute chute, dans un monde supra-artificiel où seuls subsistaient de l'ancien quelques vagues besoins d'assouvir ses fonctions naturelles.

Pur esprit, Clara conservait malgré tout ses rondeurs et son embonpoint qui seyaient ma foi fort bien à sa condition de déesse vivante. Avec son sourire ébahi, son air d'être là sans y être vraiment, elle en imposait. Il n'empêche qu'Hima s'inquiétait. Il savait le Dalaï-Lama doué d'une intelligence hors du commun, et armé d'une double vue, à l'exemple des rares élus mandés sur terre par les dieux. Mais Hima se tracassait à tort. Il était lui-même constitué de ce matériau sensible et développait une envergure comparable à celle des apôtres et des prophètes. Le Dieu vivant, c'était lui. Lui encore qui soufflait et insufflait ses pouvoirs dans l'enveloppe charnelle de sa grand-mère. Disons qu'Hima n'avait rien à craindre du Dalaï-Lama. C'était plutôt à Tenzin Gyatso de rester sur ses gardes. Et j'en veux pour preuve la magistrale façon dont le petit résolut, au pied levé, l'énigme de la stèle attribuée au roi Pratapa Malla. Nous étions là, avec Khami, et tout un groupe de Français, à nous casser la tête devant le palais royal de Kathmandu, quand il s'exclama :

– Ça y est, j'ai compris le message du roi !

Tous se retournèrent sur lui. Depuis trois siècles et demi d'éminents linguistes tentaient en vain de déchiffrer les dix-sept écritures de cet incroyable logogriphe où chacun ne lit que ce qu'il sait lire, sans apporter de solution à l'ensemble du texte.

Cette fois, la solution affleurait aux lèvres d'un

petit Sherpa. Et comme les regards en disaient plus long que les questions, Hima distilla son avis :

– Vous savez tous que le roi Pratapa Malla avait une réputation de fin lettré. Vous savez tous qu'il contribua à enrichir la vallée de Kathmandu des plus beaux palais. Vous savez tous qu'il servit les arts et qu'il étendit son influence pacifiste au-delà des contrées raffinées, jusqu'en territoire de barbarie, de l'autre côté des neiges éternelles et des Himalayas.

Ils le savaient peut-être – pas tous, ce qui ne les empêchait pas d'écouter le garçon sherpa avec surprise. Mais d'où ce petit tenait-il un français aussi pur ?

Hima continua :

– En réalité, et cela ne ternit pas son mérite, le roi Pratapa Malla était un dilettante aux ambitions démesurées. Maître de cette plate vallée et dauphin des hautes montagnes, il se voulait universel, à l'image de Louis XIV, dont la réputation parvenait jusqu'à lui, portée sur les ailes du vent d'ouest.

Hima marqua une pause et reprit son souffle. Le trop-plein d'oxygène indispose les Sherpas quand ils tombent de haut et se retrouvent si bas.

D'autres groupes s'étaient joints aux nôtres, si bien qu'il y avait maintenant comme un air de meeting sur la grande place de Durbar Square. Hima poursuivit :

– En vérité, ce que vous croyez charades ou rébus ne sont que des mots alignés les uns après les autres. On croit y lire de l'hébreu, du sanscrit, de l'araméen, de l'hindi, du malais, de l'anglais, de l'allemand, de l'espagnol et du latin, mais ces mots mis bout à bout ne sont que le vernis d'un savoir appris par cœur. En affichant ici ses bribes de connaissances, le roi Pratapa Malla épatait la galerie. Ces mots, ces non-sens finirent même par avoir un sens, si bien que les ambassadeurs, les chargés d'affaires des nations voisines et lointaines s'émerveillaient eux aussi de ce chef-d'œuvre de l'esprit, tout comme la cour, à Versailles, s'émerveillait de la galerie des Glaces.

Il y eut des murmures, des rires. Quelqu'un cria :

– Mais vous démystifiez ! Quelle preuve apportez-vous ?

Hima ne se laissa pas intimider :

– Vous n'êtes pas obligés de me croire, mais je tiens la vérité de Pratapa Malla lui-même. Il vous a joué un bon tour.

C'est alors que j'intervins :

– Vous pouvez lui faire confiance, il parle avec les morts.

Hima rectifia :

– Non, ce sont les morts qui me parlent.

Il y eut un vent d'incrédulité, des propos pas très engageants. Certaines personnes se détournèrent. D'autres, au contraire, nous écoutèrent de plus belle.

Hima ajouta :

– Je vais encore vous apprendre quelque chose. Le roi Pratapa Malla regardait le monde à travers des miroirs. Et les miroirs qui lui renvoyaient l'image du monde étaient truqués. Son propre reflet corrigeait sa corpulence. C'était un très bon roi, mais un roi déformé. Il se voulait Roi-Soleil, mais il n'était que Roi Lunaire, un être capricieux et soucieux de lui-même jusqu'à laisser pour l'éternité cette stèle qui interroge les hommes avides d'arcanes à élucider.

D'ailleurs, à vous voir plantés devant cette curiosité dont les guides font grand cas, il semble que le souverain Malla ait vu juste car, aujourd'hui, il ne reste de ses palais et de ses temples que balayures de cendres. Seul subsiste du roi cet étrange charabia qui vous fascine tant. Parce que vous lisez « été » et « hiver » en français, vous croyez peut-être à une prophétie de saisons. Eh bien, non, il n'en est rien. Et c'est ce rien, cette poussière d'alphabet qui prolonge jusqu'à nous le règne des Pratapa Malla…

Hima stupéfiait l'assistance. On voulut savoir d'où il tenait ce don du langage. Était-il vraiment l'enfant des montagnes, le fils de l'Himalaya ? D'où venait-il ? Où allait-il ? Parlait-il véritablement avec les morts ?

Photographié, filmé, questionné de toutes parts, le petit faisait front avec superbe. Le roi Pratapa, comme tous les Mallas qui l'avaient précédé, était bel et bien supplanté. Il faut dire qu'Hima s'y entendait à merveille pour entretenir le mystère autour de sa personne. Et, quand il sentait un flottement, une baisse de l'audience, alors il reportait aussitôt l'intérêt sur sa grand-mère et invitait le public à la saluer.

Assise dans son rickshaw, capote baissée, elle demandait :

– Vous venez de Paris ? Et comment ça va là-bas ?

Les autres, qui n'étaient pas avertis, répondaient :

– Oui, on vient de Paris, ça va comme ci, comme ça.

D'autres encore prétendaient que ça allait mal ou moyennement bien. Ces réponses la contrariaient. Elles sonnaient de travers, comme des *« Mani padné om »* que l'on aurait intervertis. Et, lorsqu'il était question de Laurent que l'on avait pas vu ou que l'on ne connaissait pas, alors le visage de Clara s'assombrissait. Ces signes d'humeur, ces coups de tristesse nous laissaient penser qu'elle jouissait encore de quelques infimes lueurs de conscience et cela nous rassurait. Nous pouvions dès lors, selon les circonstances, cesser le traitement et la rendre à elle-même avec son caractère propre, ses partis pris et ses douleurs.

Sur le chemin de Dharamsala, nous fîmes escale à Amritsar. L'avion d'Air India, en panne technique, n'alla pas plus loin. Le temps d'affréter un taxi pour continuer notre voyage, nous allâmes visiter le Temple d'Or, le sanctuaire des sikhs. Au coucher du soleil, il n'y a pas spectacle plus féerique. Rien pourtant de tape-à-l'œil qui inviterait aux pompeuses dévotions.

Majestueux, félins, les sikhs promènent en famille leurs silhouettes élancées prêtes à bondir sur leur proie. Guerriers intraitables, défenseurs de leur intégrité, ils semblent à la fois lions et agneaux. Ils sont fraternels avec leurs semblables, intransigeants avec eux-mêmes, impitoyables envers leurs ennemis.

Le regard acéré, les cheveux longs noués en chignon sous le turban, bracelet de fer au poignet droit, poignard dissimulé à même la peau, chacun d'eux est comme une forteresse de certitudes que rien ne peut ébranler.

Vivement impressionné par la sainteté du lieu, où les ors des coupoles baignent les farouches visages d'une douce lumière blonde, Hima restait en retrait et se tenait auprès de ma mère que nous avions assise sur les marches de l'entrée principale. Pieds nus, drapée dans sa cape de vison, elle attirait bien des œillades, des craintives comme des bienveillantes.

Une femme, ne résistant pas, s'avança vers elle. Elle s'inclina et déposa sur ses genoux une gerbe d'œillets. D'autres femmes, vêtues de saris chatoyants et parées de bijoux, firent de même, à croire que Clara, déjà déesse du peuple sherpa, séduisait maintenant la communauté sikh que je savais pourtant hostile à toute idolâtrie. Il s'agissait sans doute d'une méprise. Peut-être la prenait-on pour une guru, une parente de Govind Singh ou de Nanak ? pour une fervente lectrice de l'Adi Granth, le Livre Sacré ? Peut-être n'était-ce qu'une manifestation amicale envers cette vieille dame au sourire si bon ?

Hima, tout aussi étonné que Khami et moi-même, ne trouvait pas de réponse. Il avait beau appeler le bureau des renseignements et interroger les morts, aucun d'eux, qu'il fût lama ou simple paysan, n'était en mesure de lui fournir une explication. Quant à Clara, qui respirait à pleins poumons le parfum envoûtant des œillets, elle demandait à la cantonade si on venait de Paris et si on avait vu Laurent.

Intriguées, les femmes répondaient des choses aimables aux sonorités agréables.

Au bout d'un moment, la nuit tomba sur le Temple d'Or. Le bourdonnement des prières prit la relève des chants d'oiseaux. Les projecteurs dardèrent leurs rayons sur les saah-sangat, des sages plongés, comme enfouis, dans le labyrinthe ésotérique des textes sacrés.

Il était temps de partir. Comme je me penchais sur ma mère pour l'aider à se relever, elle changea brusquement de discours et de visage. Les yeux écarquillés, la bouche crispée, elle lança :

– Merde, où est-on ? C'est quoi, cette sarabande de bonnes femmes ?

Hima comprit tout de suite. Il me regarda d'un air navré :

– Elle a retrouvé ses esprits. Le parfum des œillets a fait l'effet d'un contrepoison.

Clara lui donnait raison. Elle hurla :

– Qu'est-ce que c'est que ce son et lumières ? Où suis-je ?

Discrètes, les femmes sikhs s'écartèrent. Prenant ma mère par le bras, je lui expliquai :

– Nous sommes au Temple d'Or, à Amritsar, chez les sikhs.

– Au Temple d'Or ? Chez les sikhs ? Mais qu'est-ce qu'on fout ici ?

– On est juste de passage, nous allons voir le Dalaï-Lama.

– Tu te fiches de moi ? Qu'est-ce que c'est que cette histoire à dormir debout ?

Il s'était passé tant de choses depuis son endormissement que je ne savais pas comment les lui résumer. Je risquai :

– Écoute, maman, tu as eu un énorme trou de mémoire. Et pendant ce temps, comme cela, malgré nous, par confusion, par quiproquo, tu es devenue une sorte de déesse vivante…

Elle me jeta un regard de panique et demanda :

– J'ai fait des conneries ?

Je n'osai lui dire la vérité. Heureusement, Hima s'en chargea :

– Tu n'as fait aucune connerie, grand-mère. Mais tu allais mal, alors je t'ai soulagée.

Elle ne comprenait pas. Elle demanda :

– Soulagée de quoi ?

– Mais de ta maladie, grand-mère. On a neutralisé Alzheimer. On a mis fin à ton martyre.

Elle protesta :

– Mon martyre ! Quel martyre ?

J'essayai de la raisonner :

– Écoute, maman, on va sortir d'ici et on va tout te raconter. Tu verras, on ne pouvait pas faire autrement. Tu serais morte.

D'une voix accablée, elle lança :

– Mais je suis morte, mon fils. Je suis morte ! Morte et enterrée ! Morte parmi les fantômes.

Elle s'accrocha à mon bras et regarda autour d'elle. Elle semblait perdue. C'était plein d'étranges barbus qui faisaient le tour du lac. D'autres, en caleçon court et turban, prenaient leur bain de purification. Il n'y avait pas un clapotis, pas la moindre vaguelette. Tout allait au ralenti, les promeneurs comme les baigneurs, les pas sur les dalles comme le mouvement des mains sur les corps.

Au centre du bassin, rutilant de ses quatre cents kilos de feuilles d'or, la coupole inviolable jetait ses feux dans l'eau dormante. Une foule ininterrompue se pressait vers l'îlot. Les fidèles entraient un à un dans l'édifice sacré, aussitôt poussés par le flot suivant. À peine apercevaient-ils le précieux parchemin du Granth Sahib, le Livre des Livres, qu'ils amorçaient leur retour dans une ronde silencieuse. On entendait le bruissement des pieds nus sur le ponton, auquel se mêlait le frémissement des lèvres en prière.

Et Clara retrouva tout à coup son allant des mauvais jours.

– Si je comprends bien, vous m'avez aussi soulagée de mon argent ?

L'attaque fut si imprévue que personne ne sut quoi répondre. Elle me dévisagea et dit :

– Tu te paies des vacances sur mon dos, espèce de salopard. Et avec toute la famille ! Mais bon sang, j'aurais donc trimé pendant vingt ans pour me faire escroquer ! Merde ! Si Jean voyait cela, il te tuerait.

Elle se rua sur moi et me gifla à toute volée.

Pris au dépourvu, je m'efforçai de sourire. J'espérais rassurer les spectateurs qui nous entouraient, mais ils s'éloignèrent aussitôt.

Clara revint à la charge. Je l'immobilisai dans mes bras, la priant de se tenir tranquille. Rien à faire. Elle continua à se débattre et s'en prit à Khami qu'elle traita de voleuse.

Elle était dans tous ses états, en grande colère intérieure, en pétard contre le monde entier. De mémoire de Sherpa et de sikh, on n'avait encore jamais vu une mère de soixante-dix ans battre son fils de trente ans. Le Temple d'Or en fut tout révolté. Au courroux de ma mère, à la désolation de Khami, vinrent s'ajouter les reproches acerbes des pèlerins. On ne savait d'ailleurs qui, de nous deux, ils conspuaient.

Alertés par le scandale, les gardiens du Temple, équipés de sabres et de lances, nous poussèrent sans ménagement vers la sortie.

Au-dehors, Clara continua à débiter des insanités. On eut un mal fou à lui remettre ses souliers. Elle donnait des coups de pied et bousculait les fidèles qui se rechaussaient.

On n'avait pas vu pareil raffut au Temple d'Or depuis l'assaut de l'armée indienne en 1984. Encore un peu, et nous nous faisions lyncher. Je dus employer la manière forte et pousser Clara dans le taxi qui nous attendait. Le chauffeur, un hindouiste, guère rassuré, démarra en trombe. Il se méfiait des extrémistes sikhs planqués sur la terrasse du crématorium. C'est de là qu'étaient parties les premières roquettes tirées contre les chars d'Indira Gandhi. Ensuite, les tanks étaient vraiment entrés en action, dévalant les escaliers et crachant le feu à bout portant.

Il y avait eu une horrible boucherie, un patchwork de bouts de chair sanguinolents et de feuilles d'or éclatées.

Dix ans déjà ! Les sikhs avaient rebâti leur coupole d'or et élevé un monument à la mémoire de leurs morts.

Nous restâmes plusieurs jours à Amritsar. Nous espérions que Clara reviendrait d'elle-même à de meilleurs sentiments. Il n'en fut rien. Intransigeante, caractérielle, elle nous mena la vie dure. Puis Alzheimer se rappela à son mauvais souvenir. Jusqu'alors, par respect envers sa personne, nous avions cessé de lui administrer le traitement maison mais, cette fois, il s'agissait d'une crise à l'envers, d'une crise d'éveil, si gênante qu'Hima dut intervenir à nouveau avec ses fioles et ses décoctions. Le calme, le bonheur succédèrent enfin à la furie et au désastre. On put alors se mettre en route pour Dharamsala, où Songsten, le cousin du philosophe, nous attendait.

En réalité, Hima ne se rendait pas à Dharamsala

pour se justifier, pas plus qu'il n'y allait pour présenter sa grand-mère comme dépositaire de la mémoire des dieux. Il s'était amusé de cette idée à Namché, histoire de déboussoler Ang Chumbi, dont on ne savait d'ailleurs s'il était le vrai Ang ou le faux Chumbi. Maintenant qu'Ang n'était plus de ce monde sous la forme que nous lui connaissions, faux, retors, traître – et pour finir lama rapporteur –, Hima projetait de plus grands desseins que de mystifier les maîtres incontestés du lamaïsme tantrique. Sans doute avait-il été prévenu par ses chers morts, dont il entendait les voix, qu'il ne serait pas aisé d'abuser les rimpochés de l'entourage du Dalaï-Lama.

Mieux valait oublier cette affaire de schisme qui préoccupait le clergé tibétain et attaquer Sa Sainteté de front. Seule importait cette rencontre. Hima avait toujours sur le cœur le massacre des grands chiens jaunes et il comptait bien lui en toucher deux mots. Et peut-être même cent, ou mille ! selon la manière dont se déroulerait l'entretien.

Il m'est pénible de dire ici que rien ne pouvait arrêter la course de notre petit génie tant il croyait à l'urgence de son message. À plusieurs reprises, en allant d'Amritsar à Dharamsala – d'un sanctuaire à l'autre en quelque sorte –, j'eus l'impression que nous ne pesions plus guère, ni sa mère ni moi-même, en regard de la mission dont il se sentait investi. Quant à Clara, elle était, me semble-t-il, rangée au rayon des accessoires. Ballottée à l'arrière du quatre-quatre dangereusement piloté par notre chauffeur indien, ma mère ne trouvait pas même de réponse à ses « Vous venez de Paris, et avez-vous vu Laurent ? ». Laurent pourtant n'était pas si loin de nous. Paul Manceaux non plus. À la réflexion, je me dis qu'Hima en avait été averti par Kalden, par Jean, ou quelque Sherpa ami récemment décédé. Cette idée m'aide aujourd'hui à supporter l'indifférence qu'il nous témoigna durant la dernière étape du voyage. Hima faisait comme si nous n'existions pas. Entièrement concentré sur lui-même, il guidait le chauffeur, un citadin qui n'avait sans doute pas eu l'occasion de dépasser les faubourgs d'Amritsar. D'emblée, il se perdit dans la riche plaine agricole du Kazur, où il s'embourba dans les orges. Dès cet instant, Hima, qui ne connaissait pas grand-chose à l'automobile, mode de transport encore inédit pour lui, ne le lâcha plus d'un pouce. Extraordinaire navigateur, il devinait la route à l'instinct, s'orientait au soleil comme un fameux yakier, faisait merveille dans les chemins de montagne, où il se jouait des éboulis. Là où les autres véhicules attendaient qu'un bulldozer déblaie le terrain, le nôtre effectuait des demi-tours acrobatiques et dénichait des passages insoupçonnés.

Il faut croire qu'Hima, là encore, se branchait en direct sur le Centre, et qu'il recevait ses informations des âmes récemment libérées. Peut-être tournoyaient-elles au-dessus de nous parmi les vautours et les aigles qui s'étaient régalés de leur emballage charnel ? Quoi qu'il en soit de mes déductions, et comme mes questions restaient sans réponse, je ne pouvais qu'admirer la maîtrise dont le petit faisait preuve. On aurait dit qu'il passait pour la millième fois par ces mêmes chemins et sentiers, si bien que je me demandais s'il n'avait pas déjà emprunté cette voie royale au cours d'une existence précédente. Était-il possible que le fils de Jean, ce gamin de onze ans originaire du pays sherpa, ait en lui l'âme d'un dignitaire tibétain jeté par l'exode sur les pentes du Dhauladhar, ce sommet glacial qui surplombe Dharamsala ? Hima n'était-il pas plutôt habité par une âme d'ermite, l'un de ces anachorètes visionnaires qui détiennent la vérité du monde et l'enterrent au fond de leur grotte juste avant de la quitter ? Hima avait-il fait le voyage de Dharamsala dans une autre vie ? Avait-il fui l'armée de Mao

Zedong par une nuit d'encre de Chine et suivi, comme son ombre, la caravane du jeune saint outragé qui choisissait l'exil aux ténèbres dorées ? Autant de suppositions qui m'assaillaient et me taraudaient. Peut-être sentais-je qu'Hima m'échappait ? Que mon influence s'estompait ? Que mon séjour himalayen s'achevait ? Nous étions loin du pays sherpa. Loin, très loin de ce monde clos où la seule nouveauté du siècle inscrite dans la mémoire des dieux fut la naissance de ce gosse qui dota la vallée du Kumbu d'une inhabituelle et singulière turbulence.

Comme nous arrivions à hauteur des premières maisons de Dharamsala qui bordaient la route étroite et sinueuse, Hima ordonna au chauffeur de continuer. Nous traversâmes donc cette petite ville indienne encombrée de camions et de motocyclettes que gênait comme à l'accoutumée la foule des piétons désœuvrés. Partout, des échoppes de fripes et de quincaillerie, des rétameurs et des racoleurs, des beautés en sari drapées de couleurs impertinentes. Des hommes effrayants de maigreur dans leurs pantalons sans fondement. Partout cette odeur de curry, de cannelle, d'eaux grasses et de dysenterie que recouvre par endroits, comme une chape de poison, un effluve de produits chimiques échappé de quelque usine invisible. Agacé, Hima s'en prenait au chauffeur. Il n'allait pas assez vite, s'engageait du mauvais côté, calait dans les encombrements.

Khami, qui n'avait pas desserré les dents de tout le voyage, craqua :

– Et si tu te calmais un peu ?

Il la regarda durement et répondit :

– Tu ne te rends pas compte ! Cela fait trente-huit ans que ces gens-là vivent à côté des Tibétains, et ils n'ont rien pris, ni rien appris d'eux. Des yaks !

Khami répliqua vivement :

– S'il te plaît, n'insulte pas les yaks !

Le petit esquissa un sourire dans le rétroviseur. Le miroir renvoya le sourire à sa mère. Celle-ci soupira. Elle n'était pas bien.

Coupée de Namché-Bazar, elle perdait son allant. Quelque chose en elle s'éteignait. Ma mère, bien sûr, s'était ingéniée à la rabaisser. L'incident du Temple d'Or, les insultes essuyées faisaient en elle des taches indélébiles. Par le biais, en attaquant ma femme, Clara nous séparait. À Amritsar, elle l'avait méchamment tourmentée trois jours durant. Rien que d'y penser, j'en frissonnais encore.

Passé Dharamsala, le village du bas, nous nous engageâmes dans une côte qui traversait une forêt de pins. Tout en haut, on apercevait les imposants bâtiments administratifs, siège du gouvernement tibétain en exil. Et, tout à coup, Hima eut cette remarque :

– C'est fou ce que ces résineux ont grandi rapidement !

Ma question vint toute seule :

– Depuis quand ont-ils grandi aussi rapidement ?

Il parut surpris :

– Oh, depuis déjà pas mal de temps.

Prudemment, je demandai :

– Tu as vraiment l'impression d'être déjà venu par ici ?

Sa réponse me troubla :

– Je n'en ai pas que l'impression, j'en ai le souvenir. Je connais cet endroit par cœur…

Khami s'étonna à son tour :

– Tu y es venu dans une vie lointaine ?

– Oh non, dans une vie très récente. J'y étais avec Jean.

Je m'écriai :

– Jean, mon frère ?

– Oui, mon père.

J'insistai :

– Si je comprends bien, en ce moment même, tu revis un voyage que Jean a effectué il y a quelques années ?

– Oui, en 1982, il a séjourné trois semaines à l'hôtel Dhauladhar.

Le souffle coupé, je demandai :

– À l'hôtel Dhauladhar ? Mais comment connais-tu ces détails ?

Son visage s'éclaira :

– Tout est écrit en moi. C'est comme une réincarnation.

Ahuri, je demandai :

– Tu veux dire que la mémoire de ton père est réincarnée en toi ?

– Oui, quelque chose comme ça.

Comme il me voyait ébranlé, il précisa :

– Si tu préfères, j'ai en moi un gros morceau de son cerveau.

– Tu te rappelles tout ?

– Oui, tout. Et même la chanson *Dharamsala* qu'il a griffonnée, comme cela, sur le livre d'or du Temple. Veux-tu que je te la récite ?

Il n'attendit pas ma réponse. Il imita d'abord le son rauque et lancinant de la trompe tibétaine. Puis, il récita les paroles sur un air de complainte.

Dharam, Dharam
Dharamsala
C'est le village des Tibétains
Dans les nuages du ciel indien

Dharam, Dharam
Dharamsala
Un monde qui ressemble à Lhassa
Le songe inspiré d'un lama

Dharam, Dharam
Dharamsala
Une nostalgie d'Himalaya
Une rêverie de diaspora

Dharam, Dharam
Dharamsala
Le sanctuaire des gens de là-bas
La lumière leur vient de Bouddha

Dharam, Dharam
Dharamsala
Une autre idée du Potala
L'image voilée de l'au-delà

Il s'interrompit et dit :

– Ensuite, il y a le refrain. Vous remarquerez alors que Dharamsala devient Dharamlhassa et même Dharamlama.

Il souffla dans une conque imaginaire, en sortit un accord strident, et reprit :

Dharam, Dharam
Dharamsala
Ou bien encore
Dharam, Dharam
Dharamlhassa
Dharamlama
Dharam, Dharam
Dharamsala
Ou bien encore
Dharam, Dharam
Dharamlhassa
Dharamlama.

Dharam, Dharam
Dharamsala

Une litanie de mots qui sonnent
Comme les Om mani padné om
Dharam, Dharam
Dharamsala
C'est un joyau dans le lotus
Une perle d'eau, un miel de ruche.

Il marqua une pause et déclara :

– Là, je ne suis pas tout à fait certain de la rime. Bon, passons, je continue.

Dharam, Dharam
Dharamsala
La mémoire du lointain Parkor
Une histoire gravée dans les corps

Dharam, Dharam
Dharamsala
Prosternation devant les temples
L'occupation bat dans les tempes.

Dharam, Dharam
Dharamsala
Sous l'oppression tu fais le mort
La compassion est ton trésor.

Dharam, Dharam
Dharamsala
Ou bien encore
Dharam, Dharam
Dharamlhassa
Dharamlama

Dharam, Dharam
Dharamsala
Ou bien encore
Dharam, Dharam

Dharamlhassa
Dharamlama.

La chanson eut pour effet d'éveiller Clara. Elle ouvrit les yeux et fredonna quelques « Dharam, Dharam ». Ça lui revenait, Jean la lui avait peut-être envoyée.

Comme on arrivait dans le Dharamsala du haut, celui des Tibétains, un village de moyenne altitude et d'extrême rigueur, où tout semblait s'ordonnancer autour du temple attenant à la résidence du Dalaï-Lama, Hima conseilla au chauffeur de s'arrêter. Il tira une fiole de sa poche et invita sa grand-mère à la vider d'un trait. C'était une mixture de choc, un traitement de yak, qui permettait à l'âme d'accomplir des promenades paradisiaques. Sucrée, agrémentée de myrtilles et de miel des yersas, la potion avait un goût de gourmandise.

Clara ne se fit pas prier. Il la congratula :

– Très bien, grand-mère. Te voici dans la félicité pour quelques heures. Et, crois-moi, avec ce qui t'attend à l'hôtel, tu en auras bien besoin.

Intrigué, je demandai :

– Qu'est-ce que tu racontes ? Qui nous attend à l'hôtel ?

Il fit signe au chauffeur de continuer et se tourna vers moi. Il paraissait sûr de lui.

– Tu ne devines pas ?

Je ne répondis pas tout de suite. J'eus beau chercher, creuser au fond de moi-même, je ne voyais rien d'autre que le visage ridé de Songsten.

Il demanda :

– Tu donnes ta langue au renard ?

Comme j'acquiesçais, il ajouta :

– Vraiment, tu ne vois pas ?

– Non, vraiment pas.

Il prit un air de reproche :

– Je t'ai pourtant appris à lire chez les autres par transmission de pensées. Perdrais-tu cette grâce ?

Je me sentais coupable. Je balbutiai :

– La grâce opérait davantage en pays sherpa.

– C'est possible. Fais donc le vide en toi et nous allons essayer.

Je fis le vide du mieux que je le pouvais. Ce n'était pas facile de s'absenter d'un tel lieu. Autour de la voiture, des moines, le crâne rasé, déambulaient comme dans un rêve, indifférents au trafic, l'oreille rivée sur l'appel des dungchens qui trouaient l'air de leur résonance hallucinatoire.

Conscient des puissantes énergies qui nous assaillaient, Hima murmura :

– Neutralise-toi. Ferme les yeux. Descends au plus profond du silence. Creuse ton terrier. Entre dans le monde du renard et attrape-lui la queue. Regarde, il t'accueille, il t'abrite, il te guide dans les galeries souterraines où nulle parole des hommes, nul aboiement des chiens, nul feulement de félins ne viennent troubler ta quiétude.

Je fis ce que le petit me conseillait. Je descendis au plus impénétrable de moi-même, là où le silence ne meublait la terre que de ma propre rumeur. J'y rencontrai le renard et lui attrapai la queue. Il me mena encore plus profondément à travers ses refuges, où je ne perçus que ma respiration étouffée. C'est alors que le renard demanda ma langue. Je la lui donnai. En échange, il me révéla le message d'Hima.

Quand la voiture s'arrêta devant l'hôtel Dhauladhar, je savais qui nous allions rencontrer.

Alertés par le lama Songsten sur le sort que nous réservions à Clara, ils étaient venus expressément de Paris. Tous deux portaient l'inquiétude comme un vêtement. Engoncés dans leurs certitudes, cravatés de sérieux, le sourcil froncé, l'œil sombre, ils nous regardèrent descendre la vieille femme de la voiture. Ils ne bougèrent pas, préférant nous observer, tandis que nous montions le raidillon qui mène à l'établissement.

Pas un mot, pas un geste. On eût dit des juges en perruque dans un tribunal agencé à la tibétaine. Ils se tenaient debout, dans le hall ridiculement monastique. Un nœud sans fin, symbole tantrique de bon augure, courait en frise autour du porche et se prolongeait jusqu'à la réception. Un bouddha de stuc, au sourire mystérieux, surplombait le comptoir de sa haute autorité. Dès qu'elle les aperçut, Clara s'avança vers eux. Elle était heureuse de voir de nouvelles têtes. Elle se planta en face de Schwartz et demanda :

– Vous venez de Paris. Et comment ça va là-bas ?

Un bref sourire effleura le visage du psy. Après tout, elle n'était peut-être pas si atteinte. Quand elle reprit sa question, « Mais avez-vous vu Laurent, et que vous a-t-il dit ? », le visage s'assombrit aussitôt.

Paul Manceaux la saisit par le bras et demanda :

– Voyons, Clara, c'est moi, Paul. Je suis avec Laurent. Nous venons te chercher.

Pour toute réponse, le philosophe, qui écrivait sur la mémoire du siècle, n'obtint que l'éternelle question de Clara :

– Vous venez de Paris ? Et comment ça va là-bas ?

Paul Manceaux, une grosse tête en forme de poire, un air de mandarin chinois, se mordit les lèvres. Elles ne formaient plus qu'un trait. Lui non plus ne la reconnaissait pas. Elle avait l'œil creux, des cheveux filasses. Elle était fagotée comme l'as de pique et puait le beurre de yak à plein nez.

Il lâcha son bras et soupira :

– Ma pauvre petite, on va te sortir de là !

La pauvre petite n'en pouvait plus. Elle se laissa

aller de tout son long sur une banquette. Il l'accompagna du geste et sembla alors seulement nous remarquer. Il est vrai que nous étions restés en arrière, ce qui n'était pas dans les habitudes d'Hima. D'ordinaire, il allait à la rencontre des autres et se présentait de lui-même. Cette fois, il ne jugea pas nécessaire de briller. Il était au courant de leur démarche et ne voulait pas entraver leur projet. Ils désiraient ramener Clara. Eh bien, tant mieux. Lui, il renonçait. Il avait mieux à faire que de balader une fausse déesse vivante sur les sentiers du pays sherpa. Il me jeta un coup d'œil en coin et ôta sa chapka graisseuse. Il apparut alors dans toute sa rousseur.

Manceaux laissa éclater sa surprise :

– C'est inouï, je ne croyais pas que tu ressemblais tellement à Jean !

À son tour, Schwartz s'écria :

– Alors, voici notre phénomène. Tu sais, j'ai lu la lettre que tu as envoyée à Clara. J'y ai appris beaucoup de choses sur toi et les tiens. Tu es un brave petit bonhomme !

Je crus bon d'intervenir :

– « Brave petit bonhomme » n'est vraiment pas l'expression qui convient !

Schwartz leva les yeux sur moi. Il me regarda comme s'il me découvrait :

– Alexandre ! Ça alors ! Mais d'où sors-tu ? C'est incroyable, je t'ai pris pour un Tibétain !

Il me tendit une main moite, qu'il retira aussi vite et essuya sur le pan de sa veste.

Gêné, il désigna Khami d'un signe de tête et demanda :

– C'est ta femme ?

Paul Manceaux répondit à ma place :

– Mais oui, c'est la fameuse Khami, la mère du petit !

Khami joignit les mains devant sa poitrine. Son « *Namasté* » lui resta dans la gorge.

Je dus lui expliquer :

– Ce sont des amis de Clara. Ils arrivent de Paris. Ils sont inquiets pour ma mère.

Paul Manceaux confirma :

– C'est vrai. J'ai répondu au SOS de mon cousin Songsten.

Je dis :

– Je crois que votre cousin a fait du zèle.

Il me contra sèchement :

– Je ne cernais pas véritablement la situation mais, en vous voyant dans cet état, je donne raison à Songsten.

Je demandai :

– Je m'étonne que Songsten ne fasse pas partie du comité d'accueil. Où est-il passé ?

Manceaux trancha :

– Il a d'autres chats à fouetter. On vous attend depuis une semaine, mon petit vieux !

Hima l'interrompit :

– Songsten ne fouette sûrement pas les chats. C'est interdit par sa religion.

Le philosophe n'était pas d'humeur à goûter les jeux de mots.

– Mais qu'est-ce que vous foutiez, nom de Dieu ? Où étiez-vous passés ? J'ai tout abandonné pour me radiner dans ce bled. Tout, tu entends ? Mon bouquin, mes conférences. Tu sais ce que c'est, bordel ? Maintenant, je dois revoir mon plan de travail. Je me tape quinze jours de retard. Merde, c'est de la folie ! Mais quel con je suis !

Hima me regarda. Il arborait un sourire amusé. À l'exception de ma mère, personne ne m'avait parlé aussi durement depuis bientôt deux ans. Manceaux me rappelait le proviseur du bahut. C'était un caractériel égocentrique, un Occidental matérialiste, un intellectuel colonialiste. Pour un peu, il m'aurait traité de bougnoule.

Je m'en voulus de ces pensées mesquines. Après tout, Manceaux avait laissé son ouvrage en plan, ses mémoires du siècle, pour voler au secours de Clara.

Je me sentais mal. J'avais beau me raccrocher à l'ineffable sourire d'Hima, qui prenait les choses de haut, à la Bouddha, je dus faire un effort sur moi et m'habituer à la brutalité d'une conversation qui ne m'incitait pas au retour. J'étais resté si longtemps hors du temps, hors de moi-même, dans cet espace sherpa à la fois si protégé et si égaré, que je redoutais de m'abîmer sur terre, comme d'autres s'abîment en mer.

Devant Paul et Laurent, ces espèces de beaux-pères qui avaient empoisonné mon enfance de leur souffle tiède et de leurs prétendus conseils judicieux, je me sentis tout à coup désarmé. Pas assez fort pour leur résister. Je savais ce qu'ils exigeaient de moi, aussi, quand Laurent s'approcha, je cherchais les yeux d'Hima. Lui seul pouvait m'aider.

Schwartz posa ses mains sur mes épaules. Le geste était amical. Les paroles, elles, assassines :

– Tu rentres avec nous, n'est-ce pas ? Ta mère aura besoin de toi.

Je fis semblant de me défendre :

– Ma mère est mieux parmi nous qu'à Paris. Là-bas, elle va mourir…

Il répliqua :

– Je crois en effet qu'elle va mourir…

Il fut prit d'une sorte d'étranglement, et continua d'une voix cassée :

– Elle doit retrouver sa dignité. Je sais ce qui s'est passé à Namché-Bazar. Vous avez abusé d'elle. Vous en avez fait une idole fantoche !

Il me secouait fort par les épaules. Il murmura :

– Bon sang, Alexandre, mais conviens-en ! Je la préfère morte que clown !

Paul Manceaux vint à la rescousse :

– C'est une question d'éthique, mon petit vieux. Tu ne peux pas continuer à jouer avec la vie de ta mère. Tu dois lui rendre la responsabilité et l'honneur.

Il insista :

– Mais oui, mon vieux. Tu dois rendre les honneurs à ta mère, et te mettre au garde-à-vous devant elle.

Je protestai :

– Au garde-à-vous, ou au garde-malade ?

J'implorai le petit du regard. Il se détourna. Je criai :

– Mais dis quelque chose, Hima ! Explique-leur qu'elle ne souffre pas ! Dis-leur qu'elle a davantage besoin de toi que de moi ! Montre-leur tes drogues, tes sachets, tes flacons ! Dis-leur que nous lui avons donné du bonheur, du magique, du fabuleux, de l'exceptionnel, de l'étourdissant, du féerique. Je t'en prie, Hima, dis-leur que l'éthique et la morale dont ils se réclament ne pèsent guère en regard des enchantements que nous lui avons prodigués !

Hima ne se décidait pas. Il hésitait entre eux et moi. J'eus soudain peur qu'il me laisse tomber.

Heureusement surgies du ciel, comme un oracle, ses paroles me réconfortèrent. Il avait pris une pose qui en imposait et déclara d'une voix claire :

– Il serait absurde que vous soyez venus pour rien. Alors, emmenez donc celle qui fut ma grand-mère. Je l'ai aimée pour ce qu'Alexandre m'avait raconté d'elle. Plus tard, je l'ai détestée pour ce qu'elle m'a raconté d'Alexandre. En vérité, Clara est peut-être une femme bonne, mais c'est une mauvaise mère. Et, comme les mauvaises mères sont inconnues dans mon pays, je n'ai eu d'autre choix que de la transformer en une gentille grosse fée.

Il alla vers elle et lui souleva le menton :

– Regardez-la bien. En ce moment, elle est inoffensive. Elle ressemble à une charmante vieille dame, certes un peu déguisée, un peu éteinte. Mais si d'aventure elle se réveillait, alors, comme la vipère sous le pied, elle se mettrait à cracher son venin.

Cette fois, il me regarda droit dans les yeux et ajouta :

– Si Alexandre veut vous suivre, ni Khami ni moi nous ne le retiendrons. Pour nous, la vie est longue, et l'avenir, j'en suis certain, saura nous ménager d'autres rencontres. C'est à lui de décider.

Tous me dévisagèrent. En vérité, les derniers mots d'Hima me glaçaient. J'eus l'impression de basculer de l'autre côté de l'Himalaya pour me retrouver en plein Bassin parisien. À ce moment-là, le malheur m'accabla. Plus rien ne me semblait digne de compenser le merveilleux qui avait marqué mon passage dans cette échappée belle. J'avais couru derrière mon frère, derrière la vie rêvée. Et maintenant, la vraie vie me rattrapait. Elle avait un sacré goût d'amertume, une allure de mur lézardé, une couleur de façade délavée. Pour un peu, je me voyais tomber en ruine. Qu'allais-je devenir, privé d'Hima et de Khami ? Devais-je me sacrifier pour ma mère ou sacrifier ma mère pour mon seul bien-être ? C'était dévastateur. Heureusement, le choix ne se posait pas aussi cruellement. Il se posait même bien différemment, car Hima pesait de tout son poids sur l'autre plateau de la balance. Et Hima pesait bien plus lourd que ma mère. Bien plus lourd que toutes les éthiques, toutes les morales, et toutes les bonnes raisons réunies.

Mais, malgré ce poids qui pesait des tonnes dans ma poitrine, malgré cet amour filial dont je dépendais entièrement, j'eus l'affreux courage de braver le petit. Je ne saurais dire exactement ce qui me poussa à réagir en tout illogisme contre moi-même. Je m'entendis dire :

– Puisque Hima me propose un rendez-vous dans l'avenir, plus rien d'autre que la curiosité ne me retient auprès de lui. Alors, je rentre avec vous !

Je n'avais pas quitté Hima des yeux. J'espérais qu'il allait blêmir, ou laisser échapper quelques miettes d'émotion. J'en fus pour mes frais. Impassible, il ne se départit pas même du sourire qu'il arborait depuis notre arrivée à Dharamsala.

Terrifié par les conséquences de cette diablerie qui me condamnait à la pire des séparations, j'essayai de gagner du temps. D'une voix qui se voulait détachée, l'accent rieur, bien qu'un peu jaune, je dis :

– Ne crie pas victoire trop vite. Je ne suis pas venu à Dharamsala pour des prunes, ni même pour du beurre, fût-il de yak. Je ne te quitterai qu'après avoir assisté au match du siècle, le combat de David contre Goliath !

Il partit d'un franc éclat de rire, et dit :

– D'accord, tu feras l'arbitre !

Laurent Schwartz étira son long cou maigrelet et demanda :

– De quel match s'agit-il ?

J'allais répondre quand arriva Songsten, le moine dont le cousin, Paul Manceaux, était philosophe à Paris.

Crâne rasé, l'épaule dégagée, la robe mauve ceinte d'une large bande jaune, les pieds nus dans ses sandales, lunettes cerclées, visage ouvert, Songsten était le sosie du Dalaï-Lama. Il avait perdu jusqu'à son teint d'Européen, son allure de citadin.

Les yeux vifs, le sourire malicieux, il jugea l'ambiance, qui n'était guère chaleureuse, et jeta d'une voix enjouée :

– Alors, voici donc nos fauteurs de troubles. Eh bien, on peut dire que vous nous avez donné du souci !

Il me serra vigoureusement la main, geste rare pour un lama, et joignit les siennes à l'approche d'Hima. Il salua Khami de même, et eut ces mots à son intention :

– Madame, je vous vois pure comme la turquoise, transparente comme l'émeraude, fragile comme le corail. Il n'est pas étonnant dès lors que vous ayez mis un diamant au monde. Voyez-vous, madame, votre fils brille de tant d'éclat qu'il a bien failli mettre le feu aux poudres lorsque nous avons appris ses étincelants exploits par la bouche du pauvre Ang Chumbi.

Ayant tourné joliment son reproche en compliment, Songsten s'adressa à Hima :

– Eh bien, mon garçon, où en sommes-nous maintenant ? Prétends-tu toujours que ta grand-mère amnésique détiendrait en elle la phénoménale mémoire des dieux ? Si tel est le cas, cela mérite d'être étudié sérieusement. S'il s'agit d'une farce, elle est si cruelle que je ne regrette pas d'avoir averti mon cousin Paul. En revanche, comme le croyait ce pauvre Chumbi, s'il s'avère que tu es instruit des choses de l'au-delà jusqu'à dialoguer avec les esprits et les divinités, alors sois le bienvenu parmi nous. Nous avons besoin de toi…

J'étais bien incapable d'augurer la suite, mais le discours de Songsten n'était pas pour déplaire à Hima. Les vraies questions appellent les vraies réponses.

Le petit n'osa pas tricher. Il prit la main du moine et le conduisit auprès de Clara qui dormait sur la banquette. Il dit :

– Je vais la réveiller, et tu pourras l'interroger.

Songsten examina Clara. Il avait dîné chez elle une douzaine d'années auparavant et ne la reconnaissait pas. Pris de compassion, il dit :

– Inutile de la réveiller, je vois qu'elle n'est pas habitée par les dieux.

Au même moment, ma mère ouvrit les yeux et observa le visage qui se penchait au-dessus du sien. Eut-elle un éclair de lucidité ? Ou bien était-elle encore manœuvrée par Hima ? Elle s'écria :

– Marcel ! Mais c'est Marcel !

Songsten, qui avait oublié jusqu'à son prénom de baptême, parut embarrassé. Clara ne lui laissa pas le temps de réfléchir. Elle demanda :

– Vous venez de Paris ? Et comment ça va là-bas ?

Songsten, qui avait transcrit le rapport oral d'Ang Chumbi, savait comment répondre :

– Oui, je reviens de Paris. Et ça va très bien là-bas.

Satisfaite, elle poursuivit :

– Avez-vous vu Laurent ? Et que vous a-t-il dit ?

Le moine adressa un bref coup d'œil à Schwartz, et respecta la convenance :

– Oui, j'ai vu Laurent. Et il m'a dit de vous embrasser.

Elle tendit la joue, et Songsten y déposa un baiser.

En se relevant, il respira bruyamment et demanda :

– Qu'est-ce qu'elle sent ?

Hima lui répondit :

– Elle sent ce que nous sentons tous, le beurre de yak, l'huile des chandelles.

Songsten insista :

– Non, il y a une autre odeur.

Intrigués, Schwartz et Manceaux s'approchèrent et la flairèrent à leur tour. On aurait dit qu'ils se livraient à un rituel secret, à une dégustation anthropophage.

Le philosophe émit une suggestion :

– On dirait une odeur de fleur !

Songsten répéta :

– De fleur, vous croyez ?

Il se pencha à nouveau sur le cou de Clara et dit :

– C'est vrai, il y a comme un parfum de lotus.

Craignant que l'on n'en vienne aux « *Om mani padmé om* », Hima balaya d'un geste les choses du sacré et ramena tout le monde dans le terre-à-terre :

– Elle ne sent pas le lotus, elle sent l'œillet.

Il raconta alors ce qui s'était passé au Temple d'Or et vanta les vertus de l'œillet d'Inde qui annulait les effets de ses sirops.

Tous le lorgnèrent avec méfiance.

Schwartz lança :

– Si je comprends bien, tu écrases sa personnalité. Tu détruis sa conscience profonde, tu effaces son surmoi !

Hima protesta :

– Ça vous va bien. Mais qu'avez-vous fait d'autre pendant des années ? Vous l'avez bourrée de produits chimiques, vous l'avez empoisonnée avec vos molécules d'apprenti sorcier.

Schwartz se rebiffa :

– L'apprenti, c'est toi. Et je n'ai pas de leçon à recevoir !

Le petit ne se démonta pas :

– Moi, je ne suis pas apprenti sorcier. Je suis sorcier.

Il se défendait si bien que je ne jugeai pas utile d'intervenir. Ma mère montrait à nouveau une apparence de quiétude. Apaisée, elle se tenait en dehors de toutes les polémiques et souriait aux anges.

Schwartz questionna :

– Combien de temps va-t-elle rester sous l'influence de tes drogues ?

– Environ deux heures, peut-être trois.

Bien qu'intimidée, Khami osa suggérer :

– Nous pourrions peut-être trouver des œillets à Dharamsala ?

Songsten répéta :

– Des œillets à Dharamsala ? Oui, pourquoi pas...

Il héla le réceptionniste en tibétain. Il s'ensuivit une longue conversation ponctuée de rires et de grognements.

Manceaux, qui pensait à son ouvrage laissé en plan, s'impatientait. Il apostropha son cousin sans ménagement :

– Surtout, ne te presse pas, Marcel ! On a tout notre temps. Et pendant que tu y es, demande-leur du saumon fumé avec des blinis et de la vodka !

Songsten fit semblant de ne pas entendre. Il touchait au but. Il y avait effectivement des œillets à Dharamsala, des œillets d'Inde, mais oui, dans le jardin privé du Dalaï-Lama. Il partit lui-même chez Sa Sainteté, tandis que nous restions entre nous, dans l'expectative et le désarroi.

Nous nous retrouvâmes tous dans la chambre de Laurent Schwartz où nous avions installé Clara qui commençait à crouler sous les œillets. Outre la brassée que Songsten avait ramenée du jardin de Sa Sainteté, d'autres bouquets arrivaient sans cesse, apportés par les servantes de l'hôtel, des filles qui ressemblaient à Khami comme des sœurs. Curieuses, elles restaient dans l'embrasure de la porte, pour assister au miracle. La scène tenait de l'accouchement. Il y avait même un prêtre, un docteur et un sorcier auprès de cette vieille femme qui attendait la délivrance. Je savais que le bébé allait naître monstrueusement méchant et je ne me trompais pas. Il y eut de longs et douloureux soupirs, des vagissements, des soubresauts, des circonvolutions, des grimaces, des trépignements. Et tout à coup, l'enfantement s'opéra.

Le regard de Clara perdit son vague à l'âme pour gagner en intensité. Il s'immobilisa sur chacun de nous, refit un tour complet, s'arrêta enfin sur Laurent, pour repartir aussitôt vers Paul et passer de l'un à l'autre. Quand Clara comprit qu'ils étaient bien là tous les deux, en chair et en os, avec le cousin Marcel, moine chez les Tibétains, elle se tâta de partout et lança :

– Mais qu'est-ce que vous fabriquez ? Vous assistez à mon enterrement, ou quoi ?

Schwartz pensa la rassurer :

– On est venu te chercher, ma chérie. Calme-toi, tout va bien maintenant !

Elle ne l'entendait pas de cette façon, et ne lui envoya pas dire :

– Merde ! Mais d'où veux-tu me sortir ? Et pour me proposer quoi ? Des funérailles de première classe au Père-Lachaise ?

Elle râla en s'adressant à moi :

– Qu'est-ce que je fous avec ces œillets qui empestent ? Je t'ai toujours dit que je ne voulais ni fleurs ni couronnes. Tu pourrais au moins respecter mes dernières volontés !

Désignant du doigt ses deux amis, elle m'agressa de plus belle :

– Je parie que tu leur as payé le voyage avec mon pognon. Merde, je ne vois pas pourquoi je ferais des cadeaux à ces deux grippe-sous !

Le timbre de sa voix changea soudain. On aurait dit une vendeuse à la criée :

– Mais qu'est-ce qu'ils espèrent, ces deux gentils messieurs tout décatis ? Hein, qu'est-ce qu'ils fricotent dans mon dos ? Après avoir pris ma jeunesse, ils voudraient peut-être mon héritage...

Le froid tomba d'un seul coup dans la chambre. Il ne servait à rien de répondre. C'était trop énorme. Un instant, je suspectai Hima d'être derrière sa grand-mère, mais je chassai vite cette idée. Il y aurait mis plus de finesse.

Comme pour répondre à mes doutes, le petit crut bon d'expliquer :

– Il ne faut pas lui en vouloir. Elle ne sait pas encore ce qu'elle dit. Ça viendra ! Pour le moment, elle libère son agressivité. Cela tombe sur vous parce que votre présence la dérange. Et c'est vrai que vous êtes sinistres. Je n'ai jamais vu d'enterrement, mais j'imagine assez bien la rage des défunts quand ils découvrent, chez leurs proches, la vraie nature de leurs sentiments.

Ma mère l'interrompit :

– Ça suffit, mon trésor. Cesse donc ces bavardages. Je connais maintenant la vraie nature de tes sentiments, et ce n'est pas joli joli. Dis-moi plutôt où je suis et ce que je fiche au milieu de ces Tibétaines stupides qui gloussent comme des oies ?

Ce fut au tour de Khami d'en prendre pour son grade. Ma mère ne la portait pas dans son cœur. Tout juste l'avait-elle acceptée à Namché, car elle était son obligée. Elle la provoqua :

– Tu devrais dire à tes sœurs de la fermer un peu. On n'entend qu'elles. La nuit, elles sont déchaînées, pire que des chiennes. Et je me ramène avec untel ! Et je m'envoie en l'air avec un autre ! Et ne me dis pas le contraire, parce que tu ne vaux pas mieux qu'elles. J'en ai ma claque de tes cris de bête en rut, tout ça parce que mon fils te baise à la française. Merde ! Tu m'as logée dans la chambre voisine, mais tu n'as pas pensé un seul instant que ça me dégoûtait de participer à vos ébats. Il n'y a que ce petit vicieux d'Hima pour s'en régaler. Ça le fait jouir. Crois-moi, ton fils, il a beau gober la lune et dévorer des morceaux de Voie lactée comme des yoghourts, il a déjà de la gourme là où je pense. Et c'est pourtant pas faute de sauter les yakesses ! En fait de petit génie, ton fils, c'est un petit cochon !

En quelques minutes, ma mère était passée du miel au fiel, et du divin au venin. Elle nous refaisait le coup du Temple d'Or, à croire que les œillets n'étaient pas la panacée qui convenait à son réveil. Certes, on ne sort pas de plusieurs mois d'endormissement sans subir de sérieux dommages. J'espérais néanmoins qu'elle émergerait avec toute sa tête de cet état de semi-conscience qui nous la montrait sous un effroyable aspect. J'osais présumer que la transition n'allait pas durer une éternité, et qu'elle retrouverait assez de raison pour décider elle-même de son avenir. Le mien, hélas, dépendait de sa résolution. J'avais eu le tort de flirter avec le pire dans cette partie de bras de fer qui m'opposait à Hima. Maintenant, il n'y avait que ma mère pour me sauver ou me perdre.

Pour l'heure, elle continuait à baver sur tout le monde et nous plongeait dans sa confusion.

Un bon point cependant. Tout en me reprochant d'avoir encouragé les méthodes expéditives prônées par Hima, le psy et le philosophe se montraient de plus en plus conciliants. À vrai dire, je ne les sentais plus tellement chauds pour s'embarrasser d'une vieille femme gâteuse. Ils étaient venus à Dharamsala par pitié, et non par piété, quand bien même ils répondaient à l'appel d'un moine. Et le cousin Songsten n'était pas loin, lui non plus, de penser comme eux, tant « l'affaire » rapportée par Ang Chumbi se présentait de singulière façon. En fait de schisme, il s'agissait plutôt d'une sorte de séisme personnel que le surdoué Hima canalisait du mieux qu'il le pouvait. Bien sûr, il n'avait pas empêché le pays sherpa de trembler, ni les murs du monastère de s'effriter. Aujourd'hui, Songsten se rendait compte que l'idole était en papier mâché. En son for intérieur, il éprouvait une réelle admiration pour ce petit bonhomme qui déchaînait la tempête de son seul souffle. C'était le genre de garçon qu'appréciait le Dalaï-Lama. Il n'en existait guère de cette trempe à Dharamsala. Il allait arranger le rendez-vous dès que possible.

Comme le délire de ma mère menaçait de durer, Hima s'affaira autour d'elle. Il s'agissait de sortir les mauvaises pensées du cerveau, exactement comme on sort le mal du corps, en apposant ses mains et sa volonté sur les parties atteintes. Et les mains d'Hima travaillèrent en profondeur, sous l'œil incrédule du psy, lequel n'avait encore jamais vu pareille pratique. En réalité, Hima opérait à cerveau fermé. Il exerçait des pressions digitales et mentales sur les points névralgiques qui correspondaient au centre sensoriel et nerveux des hémisphères cérébraux. Il alla ainsi de cortex en thalamus, de matière grise en substance blanche, à la recherche des cogitations les plus abominables. Dès qu'il en décelait une, il s'en saisissait et s'en débarrassait en la jetant derrière son épaule. Hima m'avait déjà convié à pareille opération sur un voisin sherpa victime du tournis, une maladie de brebis folle transmissible aux bergers. Cette fois, l'intervention, encore plus spectaculaire, impressionna considérablement Schwartz. Certes, le petit se fit méchamment mordre et copieusement insulter dans les premiers instants, mais au bout d'un moment Clara se calma et même s'endormit, sous l'effet de ce magistral triturage de cerveau.

Quand toutes les vilenies furent extraites de la tête de sa grand-mère, Hima poussa un soupir de soulagement et souffla sur le bout de ses doigts bleuis.

Le regard animé d'une étrange lueur, il réveilla Clara.

Elle s'étira comme si elle sortait d'un long sommeil. Elle ouvrit les yeux et nous observa avec étonnement. Croyant probablement que nous faisions partie de son rêve, elle nous abandonna au profit des choses qui l'entouraient. La photo du Dalaï-Lama arrêta quelques secondes son attention. Puis, ses yeux suivirent lentement la frise bleu et blanc du nœud sans fin qui ornait les murs de la chambre.

Par la fenêtre étroite, ma mère apercevait un coin de ciel nuageux, et quelques toits qui s'étageaient en terrasses. Sur l'une d'elles, deux moinillons de l'âge d'Hima jouaient au badminton. Elle fut sensible à la grâce des gestes. La fraîcheur de l'image lui procura l'un de ces délicieux petits bonheurs que l'on éprouve trop rarement en traversant le grand musée de la vie. Elle eut envie de voler le tableau, et de l'accrocher dans son salon des antiquaires. Depuis quand n'avait-elle pas contemplé les objets chéris qui dormaient dans ses vitrines ? Où était-elle ? D'où venait-elle ? Elle eut l'impression de flotter dans le ciel gris, de voyager sur les nuages, transportée à dos d'ange, ce qui ne les empêchait pas, les maladroits, de chuter dans les trous d'air. Elle se raccrocha au bras du fauteuil. C'était drôle, elle éprouvait la sensation d'avoir été ballottée de la sorte, quelque part, dans une autre existence. Elle chercha. Fatigué, l'un des moinillons lâcha sa raquette et s'assit. Il croisa les jambes et se balança d'avant en arrière. Le rythme était régulier. Peut-être chantait-il. Plus vraisemblablement, il priait. L'autre continuait à lancer ses volants. On aurait dit de gros flocons de neige. Mais combien en possédait-il ? Quelqu'un, derrière lui, le fournissait en projectiles. Elle ne le voyait pas. Elle se mit à compter les tirs. Elle ne cherchait plus. C'était trop beau à surprendre. Elle se dit qu'elle ne contemplerait plus jamais un tel chef-d'œuvre, que c'était un cadeau du ciel, un ultime présent offert à ceux qui partent. Elle pensa à la mort, à sa mort. Peut-être était-elle déjà sous terre, ou bien alors dispersée par le vent sur quelque chemin de montagne.

Elle reprit ses recherches. Elle alla loin en elle-même, dans l'espoir qu'elle retiendrait encore un peu la vie autour de ce tableau qui la fascinait. Elle cherchait qui, de ses proches ou de ses connaissances, avait été récemment dispersé. Elle cherchait de quel voyage elle revenait. Elle cherchait par quelle résurgence lui étaient apparus ces objets, ces vitrines. Elle n'en avait qu'une vague réminiscence, un flou vitreux que la beauté d'une image laissait soupçonner, sans plus. Elle cherchait, mais ne désespérait pas. Elle désespérait seulement de trouver. Et, comme rien ne venait, ni de son plein gré, ni de ses efforts, elle abandonna et se laissa aller.

Des gens parlaient autour d'elle. Elle les regarda. Elle crut voir des sosies, des fantômes. Mais que lui disaient-ils ? Et qui était l'enfant ? Et ce grand maigre, à côté ?

Ma mère partait. Elle n'avait personne à qui dire au revoir. Elle était seule, légère, aérienne. Elle se tourna vers la croisée. Le tableau n'y était plus. Il n'y avait que le vide et le ciel gris. Cette fois, c'était fini. Elle s'envolait. Elle passa par la fenêtre, elle plana au-dessus des terrasses. Elle aperçut les volants blancs qui faisaient comme des flocons de neige. Et soudainement, face au vide qui s'ouvrait sur le gouffre, tout lui revint. Tout, en accéléré, à la vitesse des étoiles, à la clarté des années-lumière. Tout, avec précision et fulgurance. Tout, silencieux et impitoyable comme la vérité. Elle sut enfin d'où elle venait, et où elle allait. Oui, mon frère Jean l'attendait bien quelque part, dans la poussière dorée d'un chemin. Elle se sentit comme aspirée et poussa un long gémissement.

Effrayé, Schwartz se pencha sur Clara pour écouter son cœur. Il battait encore.

Massés derrière un muret, nous étions une centaine à attendre Sa Sainteté. Certains guettaient la porte depuis l'aube, quand il y eut un frémissement. On perçut une agitation dans la cour de la demeure.

Les hommes de la Sécurité poussèrent la grille et se déployèrent. Ils paraissaient nerveux et déterminés. Ils passèrent devant nous, examinèrent à la hâte le chemin qui mène au temple, et revinrent aussitôt vers la résidence.

À leur signal, le Dalaï-Lama s'avança. Drapé comme à l'accoutumée de mauve et de jaune, il rayonnait. Bien qu'il fût entouré de sa cour et de ses gardes du corps, maintenant regroupés, on ne voyait que lui. Les autres ne formaient qu'une nuée sombre, une masse anonyme. Songsten lui-même, qui suivait de près, semblait effacé, comme gommé.

Deux prêtres sortirent alors de l'escorte et, avec force gestes autoritaires, ils invitèrent la foule des fidèles à s'agenouiller, tête baissée. Tous, à l'exception d'Hima, obéirent et se prosternèrent jusqu'à toucher terre. J'avoue avoir suivi l'exemple et incité Hima à faire de même. Il refusa catégoriquement, et resta planté de toute sa hauteur. Aurait-il voulu se faire remarquer qu'il ne s'y serait pas pris autrement.

Passant auprès de lui, Sa Sainteté s'arrêta et demanda :

– Et toi, pourquoi n'es-tu pas à genoux comme les autres ?

Hima le défia :

– Pourquoi devrais-je me prosterner sur ton passage ? Je ne suis pas tibétain, je suis sherpa. Les dieux, vois-tu, sont moins exigeants que toi. Eux, ils se moquent du protocole.

Tenzin Gyatso resta interdit. Mais qui était donc ce gamin ? Comment osait-il tenir des propos aussi décapants ? Depuis bien longtemps personne ne lui avait parlé de la sorte. Songsten s'approcha à pas feutrés et souffla à l'oreille du maître :

– C'est le petit Sherpa de Namché-Bazar dont je vous ai parlé...

Un sourire illumina le visage du Dalaï-Lama. Il réajusta ses lunettes cerclées de fer et dit :

– Ton impertinence me chagrine, mais je reconnais humblement que ta parole est d'or. Les dieux se fichent du protocole, mais les hommes l'ont instauré pour honorer les dieux dans un ordre qui leur convient. Eh bien, vois-tu, pour te montrer que je comprends ta réflexion, il me plaît à présent d'inverser l'ordre. Mais, je t'en prie, ne te prends pas pour un dieu !

Ce disant, Sa Sainteté Tenzin Gyatso, quatorzième Dalaï-Lama, s'agenouilla devant le petit Sherpa.

On n'avait jamais vu pareille chose à Dharamsala, ni même bien avant, à Lhassa, ni où que ce soit dans les mondes connus.

Il y eut comme une onde de choc, un frissonnement dans la foule, un murmure ininterrompu de souffles et de chapelets froissés, bientôt entrecoupés de *« Om mani padmé om »* que tous psalmodiaient en leur for intérieur.

On le voit, la rencontre entre Hima et Tenzin Gyatso s'annonçait sous les meilleurs auspices possibles.

Le petit Sherpa ne réussit pourtant pas à convaincre le chef spirituel des Tibétains. Non, ce n'était pas le moment de rentrer au pays en grande majesté, pas plus d'ailleurs qu'en toute simplicité. Non, le temps n'était pas encore venu. Il n'y eut ni match, ni combat, ni David, ni Goliath. Sa Sainteté ne désira pas débattre davantage du sujet. En revanche, elle souhaita nous revoir le lendemain. Et le lendemain, comme la veille, nous dûmes attendre que s'achèvent l'office et l'explication des textes saints dans un extraordinaire concert de trompes et de conques.

Nous étions là, au milieu des fidèles et des touristes, à écouter la voix de Tenzin Gyatso, que des haut-parleurs renvoyaient en écho dans les rues du village, quand nous vîmes arriver Laurent Schwartz. Il faisait une figure d'enterrement. Son regard était noyé.

C'était mauvais signe. Je ne pus empêcher mes larmes de couler. Et, tandis que je pleurais ma mère qui nous faisait la faveur insigne de rendre l'âme en toute liberté, en toute connaissance de cause, Hima glissa sa main dans la mienne. Il pleurait lui aussi.

Bon signe ou mauvais signe ? J'étais partagé entre malheur et bonheur, entre cette mort froide qui me glaçait les sangs, et cette vie à venir qui me réchauffait les sens. Il me suffisait d'une main pour appréhender le lendemain. Une main que Clara me donnait enfin.

Je sentis les doigts qui s'accrochaient aux miens. Alors, je laissai aller les sanglots à flots, parmi les *« Om mani padmé om »* qui s'envolaient par-delà les terrasses où deux moinillons se renvoyaient des flocons de neige éternelle...

Table

Chapitre I 7
Chapitre II 39
Chapitre III 71
Chapitre IV 107
Chapitre V 177

Du même auteur :

AUX ÉDITIONS JEAN-CLAUDE LATTÈS

Le Lama bleu (Prix Wizo)
Le Septième Ciel
L'Âge d'amour
Le Jacquiot
Café-crime
Marches et Rêves
Les Guerillans
Hôtel Sahara
Le Voleur de hasards
Celui qui croyait au ciel, celui qui n'y croyait pas
(avec Jean Guitton)
Le Dieu des papillons

AUX ÉDITIONS ROBERT LAFFONT

Le Têtard
La glace est rompue
Cuir de Russie
Les Transsibériennes
Tous les chemins mènent à soi
Rue des Mamours
La Baleine blanche
Fou de la marche
Nous une histoire d'amour

AUX ÉDITIONS JULLIARD

Le Rat d'Amérique
Un tyran sur le sable
Les Passagers du Sidi-Brahim

AUX ÉDITIONS DENOËL

Qui vive !
Les Vangauguin
Mémoires d'un amnésique
Les Nouveaux Territoires

AUX ÉDITIONS FASQUELLE

« Viva Castro »

AUX ÉDITIONS DU CHÊNE

À l'altitude des dieux
Le désert d'où l'on ne revient jamais

AUX ÉDITIONS LIEU COMMUN

Unanimus

AUX ÉDITIONS PLON

La Horde d'or

AUX ÉDITIONS RAMSAY

Le Raja
Le Guide du flirt
Le Fils de l'Himalaya

Composition réalisée par P.P.C.

IMPRIMÉ EN FRANCE PAR BRODARD ET TAUPIN
La Flèche (Sarthe)
LIBRAIRIE GÉNÉRALE FRANÇAISE - 43, quai de Grenelle - 75015 Paris
ISBN 2 - 253 - 14631-5

31/4631/3